三角ともえ

はだかのパン屋さん

実業之日本社

実業之日本社文庫

目次

第一話　ひみつのパン屋さん　7
第二話　パン屋さんと商店街の愉快な人々　73
第三話　祭りだ、わっしょい、パン屋さん　143
第四話　真夏の夜のパン屋さん　191
第五話　それゆけ、はだかのパン屋さん　223
エピローグ　297

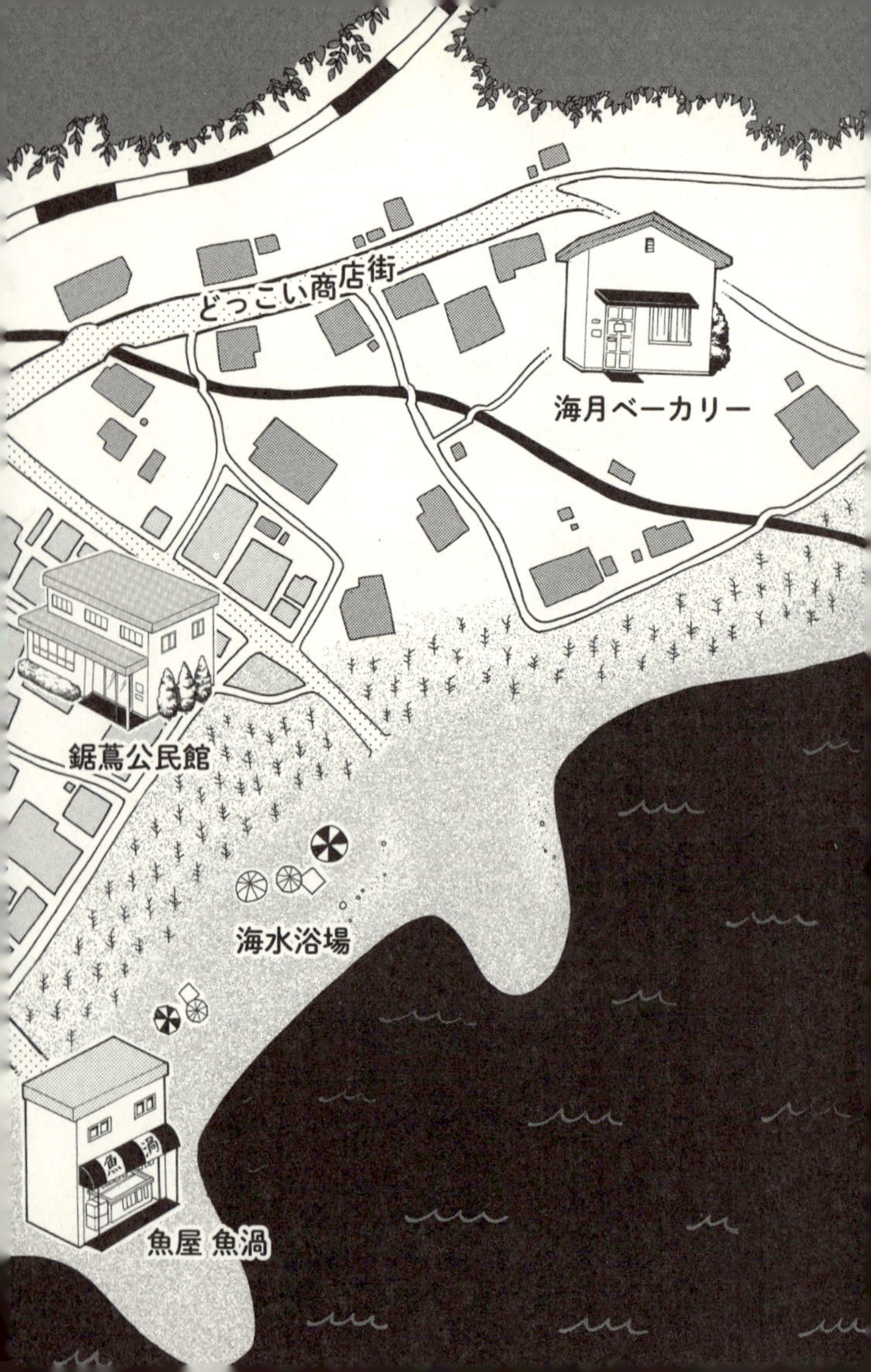
どっこい商店街
海月ベーカリー
鋸蔦公民館
海水浴場
魚渦
魚屋 魚渦

鋸蔦町どっこい商店街全体図
鋸蔦駅
どっこい商店街
ハリーのタコヤキ屋
交番
喫茶セイレーン

第一話　ひみつのパン屋さん

「妖精《ようせい》さん、わたくしと一緒《いっしょ》にパン屋《や》さんをやってくれませんこと？」

妖精《ようせい》の『ナノ』に、人間《にんげん》の『花《ハナ》』が言《い》いました。

「ナノがパン屋《や》さんなの？」

「そうですわ。妖精《ようせい》さんの作《つく》ったパンは、食《た》べたら思《おも》わず笑顔《えがお》になってしまうぐらい、美味《おい》しいんですもの。わたくし、もっとたくさんの人《ひと》にこのパンを食《た》べてもらいたいんですの」

「……そこまで言《い》うなら、しょうがないの」

『ナノ』はテーブルの砂糖壺《さとうつぼ》の上《うえ》によじ登《のぼ》ると、ふんぞり返《かえ》って言《い》いました。

「ナノのパン屋《や》さんを、特別《とくべつ》に手伝《てつだ》わせてあげるの。感謝《かんしゃ》するの、人間《にんげん》」

『それゆけナノハナベーカリー　第一話より』

松棚市《まつたなし》の鋸蔦《のこつた》という町は、電車の線路と入り組んだ海岸線、急な坂道や小さな川に囲まれており、上からだと、まるで寝そべった猫のような形に見える。

その背中や手足をなぞるように走っている通りには、地元商店が集中して並んでいて、それらはまとめて『どっこい商店街』と呼ばれていた。

猫から伸びた尻尾《しっぽ》の先にも、小さなお店があった。窓にはカーテンがかかっていたが、看板に書かれた店名からかろうじて、何を売っているか判断することができた。

『海月《くらげ》ベーカリー』

そこは一軒の小さなパン屋さんだった。

そろそろお昼という時間帯になって、ようやく一人の若い従業員が出勤してきた。年の頃なら二十歳を少し過ぎたくらいだろうか。胸元に余裕のあるシャツを着ているがだらしなくは見えず、デニムを穿《は》いている。背はあまり高くないものの、手足はすらりと長い。

小さな輪郭に、くりっとした目と血色のいい唇が印象的ながら、どこか可憐《かれん》な顔立ちをしている。

煮詰めた蜂蜜《はちみつ》のような色の髪が、首すじを覆う程度に伸びていた。

その従業員は、ポケットから取り出した合鍵で、海月ベーカリーの出入口を開けた。淡い水色に塗られた木のドアを手前に引くと、店内に充満していた匂いが解放される。パン屋独特の香ばしい空気が、押し寄せる波のように、一気に細い通り……猫の尻尾の先端から、根元のほうへと広がっていく。

ごくり。

ドアを開けた従業員は生唾《なまつば》を飲み込みながら、店へと足を踏み入れた。

「おはようございまーす」

さして広くもない店内に人の姿はなく、返事はこない。

食パンにフランスパンにバターロール。

カレーパンにピザパンにベーコンエピ。

出迎えてくれたのは、所狭しと棚に並んだ焼きたてのパンたちだった。

店の中央にあるテーブルの上には、パリパリのきつね色クラストのバゲットが、バスケットの中で珊瑚礁《さんごしょう》のように自己主張している。

壁際の棚の一番上の段には、真珠のように白いパン・ド・ミのクラムが、今日も惚《ほ》れ惚れするほど美しく整列していた。

かぐわしいパンたちの間を通り抜けた従業員は、奥のレジカウンターに入って、さらにその先で九十度直角に折れ曲がった。

その通路は店内からは見えないようになっており、突き当たりにパンを作っている厨房《ちゅうぼう》がある。正確に言うと、その向こうに厨房があるということが示されている扉がある。

パンと木の色で全体的に優しい小麦色をした店内とは打って変わって、無機質な金属製の扉だ。

あまりのギャップに、町のパン屋さんから突然、深海を潜航中の潜水艦にテレポートしてしまったような気分にさせられる。

カカ、カン、カン。

焼きたてのパンの匂いという洗礼を体に纏《まと》わせたまま、従業員は通路を通って金属扉の前にたどり着くと、リズミカルにノックした。

「おつかれさまでーす。マスミでーす。出勤しましたー」

聞こえているかどうか分からないけれど、中にいる（はずの）店長に挨拶《あいさつ》する従業員……マスミ。

厨房の扉は一ミリたりとも開こうとしなかったが、少しだけ間を置いて、
カン、カカ、カン。

とノックが返ってきた。

「それじゃあ今日もよろしくお願いしまーす」

出勤確認……のようなものを済ませ、店内へ戻ったマスミは、レジの下から仕事着セットを取り出した。淡いオレンジのエプロンを、服の上から装着。仕事中、パンに髪の毛を落とさないためにエプロンと同じ色の帽子を被《かぶ》り、サラサラの髪をしっかりと仕舞う。

レジを立ち上げ、釣り銭の準備を手早く済ませる。お客さんがパンを取るためのトングやトレイの準備も万全に。

あとは『ＯＰＥＮ』の札を入口に掛けてくれば……

海月べーカリー、本日も開店である。


海月べーカリーは、ランチはパン派だというお客さんが、わっとやってくる開店直後が一番忙しい。正確に言えば、パンの美味しさが口コミである程度広まってからは、その時間帯が一番忙しくなっていった。

何しろ接客する人間がマスミしかいないので、レジへ並ぶお客さんの対応で手いっぱいになる。まるで高校生を相手に購買でパンを売っているおばちゃんだ。

けれどもピークさえ越えてしまえば、後はコンスタントに現れる常連客の相手をするのが、午後の海月ベーカリーの接客パターンだ。

そして今日もピークが終わった直後に現れたのが……

「おはようございまーす！」

爽《さわ》やかというには少々暑苦しい笑顔と勢いでお店に入ってきたのは、紺色の制服に身を包んだ若い警察官だった。

「……おはようございます。おまわりさん」

やっぱり今日も来たー。

という内心を極力顔に出さないように神経を使って、マスミは笑顔を返した。

彼はたくましい体に似合わない、でれりとした締まりのない顔で会話を続ける。

「いやー。今日もこんなタイミングになってしまいましたよ。パトロールが忙しくって、なかなかお昼時に間に合いませんね。はっはっは」

「いつもご苦労様です」

「いえいえ。市民の安全を守ることが、本官の使命ですから！」

しかしマスミは知っていた。

いつも彼は少しでも長くマスミと二人きりになるために、ピークを越えそうな時間が近付くとお店の前をウロウロし、ほかのお客さんがいなくなったことを確認してから入店していることを。

「さて今日はどのパンを買おうかな～。どうしようかな～。迷っちゃうな～」

「いつもありがとうございます」

「はっはっは。ここのパンはどれも絶品ですからね！」

しかしマスミは知っていた。

いつも彼が空のトレイを持ちながら、狭い店内でいつまでもパン選びに迷っているように見せかけている時間のほとんどは、残っているパンではなく、マスミの顔をチラチラ見るために費やしていることを。

その証拠に、散々長居をした挙句に彼が買うのは、ほとんど決まってアンパンだ。

「うーん。あれも美味しそうだなぁ。お、これも美味しそうですねぇ。今日のおススメは何かなぁ?」

……まぁ、態度があからさますぎてちょっぴり鬱陶《うっとう》しいものの、ピークを避けてから来る程度の常識はあるわけだし。

毎日のようにアンパンを買ってくれているのだから、彼も大切なお客さんである。

　これもサービス業だと割り切って、多少の会話に付き合ってあげるくらいは、してもいいだろうとマスミは思った。

　マスミは営業スマイルを崩さずに、彼の質問のような独り言に応えてあげることにする。

「どれも美味しいですけど、そちらの『クラゲッサン』が特におススメですね」

「お！　そうですか！」

　彼は尻尾を振る犬のように、嬉《うれ》しそうに反応したものの、

「どれどれ、クラゲ……あれ？　すみません。今、『クロワッサン』っておっしゃいましたか？」

　どうやら聞き間違えたと思ったらしく、不安そうな表情で聞き返してくる。

「いいえ。『クラゲッサン』で合ってますよ」

「クラゲ……」

「はい。『クラゲッサン』です」

　眉《まゆ》をひそめる彼に、マスミはお店の中央に置かれたテーブルの真ん中を示してみせた。

　そこには、一般的な三日月《みかづき》型のパンと比べるとかなり丸っこい形をしたクロワッサ

ンが、まだ何個か残っていた。

クロワッサン生地特有のパリッとした表面の上に、白い結晶がキラキラと輝いている。

「これですか。あ、本当に『クラゲッサン』っていう名前なんですね」

クラゲの形に切られたポップを見て、警察官は無邪気な笑顔を浮かべる。

一番目立つ位置に一番目立つように置いてあるのに、今の今まで気付いていなかった時点で、彼がどれだけ上《うわ》の空でパンを選んでいたかが、分かろうというものだ。

「面白いパンですねぇ。クラゲみたいな形のクロワッサンってことですか？」

「そうですよ」

想像力を働かせ、お椀《わん》をひっくり返したクラゲのようだと思って見れば、クラゲに見えなくもない。

「美味しいんですか？」

「美味しいですよ。ソルティで」

「そ、そるてぃですか？」

「あまじょっぱいんです。生地は甘いんですけど、トッピングは海塩なんですよ」

「あ、これ、砂糖じゃなくって塩がかかってるんですか！」

『クラゲッサン』の上の結晶は、沖縄《おきなわ》産の海塩だ。生地にも、こだわりの海塩バターを折り込んで使っているという話だ。

海月ベーカリー店長、渾身《こんしん》の特製クロワッサンである。

「面白いパンですねぇ。今日からの新商品ですか？」

「いえ、ちょっと前から置いてありましたよ」

「前からありましたっけ？　ちょっと記憶にないなぁ」

不思議そうに首を捻《ひね》る警察官だったが、これは彼の記憶力や観察力ばかりを責められない。

「結構人気があって、開店直後にはなくなってたんです。おまわりさんが来るタイミングには、いつも大体売り切れていました」

「そうなんですか！　じゃあ今日は残っていてラッキーだったのかな？」

「というより、人気があるんで、今日から数を増やしたんですよ。どうです？『クラゲッサン』、おひとついかがですか？」

「うーん。どうしようかなぁ……それにしても『クラゲッサン』って、面白い名前ですね」

ネーミングについて話を広げてきた。どうやらまだまだ粘るつもりらしい。

「どうしてまたクラゲなんですか？　『塩クロワッサン』とか、『海塩クロワッサン』でもいい気がしますけど……あ、そうだ！　丸いから『満月クロワッサン』なんて、どうです？」

さもいい名前を思いついたと言わんばかりに、得意満面のドヤ顔を浮かべる彼に、マスミは曖昧《あいまい》な微笑《ほほえ》みを返した。

クロワッサン自体がそもそも『三日月』という意味なのだから、『満月三日月』では意味がブレてしまう。

「お店の名前が『海月《くらげ》ベーカリー』ですからね。うちの名物になるようなパンにしようと思いまして」

その言葉に、警察官は目を丸くする。

「く、くらげべーかりー？　このお店、そんな名前だったんですか？」

「はい。海に月と書いて、クラゲって読みます」

「そうですか、あれをクラゲと読むんですか！」

どうやら彼は、店の名前すらちゃんと読めていなかったようだ。

「いやー。てっきり、『うみづきべーカリー』か『かいげつべーカリー』だとばっかり思ってましたよ！　これは恥ずかしいなぁ！」

「いえ、そんなことは……」

確かに恥ずかしいが、同意するわけにもいかず、マスミは曖昧に言葉を濁した。

「じゃあ、もしかしてエプロンに描いてあるのって、クラゲなんですか？」

「そうですよ」

海月ベーカリーのマスコット、クラゲをデフォルメしたキャラクター『クラーリー』は、ほかにもポップや壁紙など至るところに描かれている。

「ははー。海月ベーカリーだからクラゲが描いてあったんですね。なるほどなるほど」

「……なんだと思ってたんですか？」

「スライムか何かだと思ってました！　お恥ずかしい！」

この警察官、体育会系な見た目だが、意外にゲーム好きのようである。

「しかし、どうしてお店の名前が海月ベーカリーなんですか？」

「えっと……元々は『海月屋』というお店だったんですけど……」

しかし、彼が気にしているのは、何故《なぜ》パン屋なのに『海月』なのか、ということだろう。

「今度、店長に訊《き》いておきますね」

「……え？　あなたが店長さんではなかったんですか？」

とんちんかんなことを言い出した警察官に、マスミは思わず苦笑する。

「違いますよ。私にパンは作れません。接客だけです」

「そうですか。いや、失敬。いつもあなたしか見かけないものですから、てっきり店長さんかと思っていました」

まだ何もパンが乗っていないトレイを片手で持ったまま、彼は空いている手でポリポリと後頭部を掻《か》いた。

「では本官、店長さんにも挨拶させていただいたほうがよろしいですよね。奥にいらっしゃるんですか？」

まずい。マスミは心の中で、一筋の冷や汗をかいた。

「今、休憩に行ってると思うんで……」

「いつ頃お戻りになられますか？」

「……しばらく戻ってこないと思いますけど」

「そうですか。ではまた後で、改めて寄らせていただきましょうか？」

「え、えーと……」

マスミが言葉に窮《きゅう》していると、店の入口が開き、誰かが入ってきた。

「いらっしゃ……」

お客さんかと思って、慌《あわ》てて応対しようとするマスミだったが、入ってきたのは大きな粉袋を抱えた業者の人間だった。

「小麦粉、お届けに上がりましたよ」

「あ、ご苦労様です。置いておいてください」

「はい。こちらでよろしいんですよね？」

カウンターの後ろに視線を向けた業者のおじさんは少しよたよたしながら、ほかのお客さんには見えない位置に粉袋を置いた。

「ええ、そこで大丈夫です」

「んじゃ、残りも持ってきちゃいますね」

おじさんは、道端に停めているのだろうトラックと店内を慌ただしく往復し、小麦粉の詰まった袋が積み重ねられた。

「ふぃー。今日はこれで全部ですかね」

「いつもありがとうございます」

「毎度、どうも」

マスミが受け取りにサインをすると、業者のおじさんは、汗をふきふきお店から出る。

粉袋が運ばれている間、ずっと黙っていた警察官が、おずおずとマスミに声をかけていった。

「あのぉ」

「それ、小麦粉の袋ですよね？」

「ええ、まあ」

「そんなところに置いておいていいんですか？　厨房のほうに運んでもらえば良かったんじゃあ……あ！　何なら本官が運びましょうか？」

「いえいえ！　いいえ！」

小さな親切大きなお世話な申し出に、マスミはぶんぶんと手を振った。

「店長には、ここに置いておくよう言われてるから大丈夫です！」

「そうですか？　でも……」

「そ、それより、おまわりさん！　そろそろパトロールに戻ったほうがいいんじゃあ？」

これ以上ごまかし続けるのも厳しくなってきたと判断し、マスミは半ば強引におまわりさんを帰らせようとする。

長居している自覚はあるらしく、彼は気まずそうに頬《ほお》を掻いて、

「あー、そうですね……それじゃあ本官はそろそろパトロールに戻りますので、『クラゲッサン』と……アンパンをいただけますか？」

「はい。ありがとうございます」

マスミはとびっきりの営業スマイルで、その注文に応じたのだった。

ひー、ひー、ふぅ。

えっちら、おっちら。

その後。

お客さんが途切れたタイミングを見計らって、マスミはカウンターと厨房の前を何度も往復し、一袋二十五キロの重さがある小麦粉を、三袋も金属製の扉の前に積み上げた。

パン屋は、かなりの肉体労働でもあるのだ。

どっすん。

最後の一袋を運び終えた時点で、

カン、カン、カン。

と厨房の扉をノックする。

「ひぃはぁ……あの、小麦粉、届いたんで、置いておきますね」

息を切らせて報告すると、少しだけ間を置いて、
カカ、カカ、カン。

とノックの返事を寄越してくる。

腰をぐいぐいと伸ばしながら、マスミは店内へと戻る。

ちらりと後ろを振り向いてみたが、金属製の扉が開く様子はまるでなかった。中の店長が小麦粉の袋を厨房へ運び込むのは、きっとマスミが完全にいなくなったのを確認してからなのだろう。

海月ベーカリーが、何故こんなおかしなスタイルで営業しているのか。

話は二か月ほど前に遡《さかのぼ》る。


そもそもマスミは、プロのマンガ家を目指し、マンガの専門学校に通っていた。

今年の春、無事に卒業することはできたものの……描いた作品は箸にも棒にもかか

らず、在学中にデビューするという、マスミの人生プランは早くも瓦解《がかい》した。

しかし夢を諦《あきら》めるつもりは毛頭なかった。これからもマンガを描き続けるつもりだったが……そこに恐るべき敵が現れた。

母親である。

「マスミ！　アンタ、学校卒業したんだからもう社会人でしょ！　家にちゃんとお金を入れなさい！」

「えー、だってマンガを描く時間が……」

「学校行って勉強しながらだって描けてたんだから、バイトやりながらだって描けるでしょ！　自分の生活費ぐらいは自分で稼ぎなさい！」

「でもぉ……」

「もうアンタにはお小遣いもお年玉もあげないからね！　自分で稼いでこなけりゃあ、新しいマンガも買えやしないよ！」

正論だった。

特に最後の一言がダメ押しだった。

マスミは渋々の嫌々《いやいや》、アルバイトに応募するときの注意事項や、面接のいろはなどを、インターネットで調べ、とりあえず近所の商店街で仕事を探すことにした。

バイト先が遠いと、通勤にかかる時間が勿体《もったい》ないと思ったのだ。後、どうせなら、マンガのネタになるようなところでアルバイトしてみたかった。

そして、あんまりしんどくなくて、時給が高ければ言うことはなかった。

……当然、そんな条件で募集している仕事が簡単に見つかるはずもなく、アルバイト探しは早々に行き詰まってしまった。

途方に暮れても、おなかは空《す》く。

最近商店街に出店したという大手コンビニチェーンでパンでも買って食べようかと思ったマスミの視界にそのお店が入ったのは、偶然というべきか。はたまた運命というべきか。

出入口のドアには、『海月屋《くらげや》』と書かれた札がぶら下がっているだけ。窓にはカーテンが掛かり、外から店内の様子を伺うことはできない。

何を売っているのか、どころか、営業しているのか閉まっているのかすらはっきりと分からない、謎《なぞ》の店。

けれども、商店街を歩き回っておなかを空かせたマスミの鼻は、その『海月屋』という店から漂う美味しそうな香りを捉えた。

マスミはアンコウのチョウチンに引き寄せられる小魚のように、ふらふらとそのお店の前までやってきた。ダメ元で、ゆっくりとドアを引いてみると……

お店の中から、バターや小麦粉、砂糖の甘い匂いが手を伸ばし、マスミの胃袋をダイレクトに鷲摑《わしづか》みにした。

気が付くと、マスミはその店の中に足を踏み入れていた。

狭い店内の壁に作り付けられた棚には、何種類ものパンがきっちりと並べられている。

「パン屋？」

呟《つぶや》きながら、さらにもう一歩店内に入ると、マスミが手を離したことで、入口のドアが勝手に閉まって……

「……暗っ！」

外の明かりが入り込んでいたときには分からなかったのだが、ドアを閉めてしまうと、店内はやけに薄暗かった。

いわゆる家庭用の豆電球がほのかに灯《とも》っているのみで、これではアンパンとカレーパンの区別すらつかない。

お化け屋敷に入ったときのように、マスミはおっかなびっくりお店の中を進んだ。

こういうコンセプトのお店なのだろうか？

随分変わってるな……店員さんの姿も見当たらな……

ん？

店内の奥、ひときわ薄暗いカウンターのあたりで、何かが動いたような気がした。

てっきり使ってない備品か何かに、布でもかけてあるんだと思ったのだが……

マスミが目を凝《こ》らして、その黒っぽい何かを見つめていると……

がばっ！

とそれは突然、起き上がった。

「わ！」

驚いたマスミは思わず少し跳《と》び退《の》いてしまったが、どうやら『何か』ではなく、髪の長い『誰か』がカウンターに突っ伏していたようだ。マスミの気配に気付いて、起き上がったのだろう。

どうやらオバケのような誰かさんは女性のようだった。

長すぎる黒い髪に、ぞろりとした黒い服。まるで全身に海苔《のり》をまとわりつかせているような格好《かっこう》をしている。そんな海藻みたいなファッションのせいで、顔立ちもスタイルもよく分からない。

パン屋のカウンターにいるのでなければ、とても従業員だと思える姿ではなかった。

彼女は髪の間から覗《のぞ》いている唇を、ゆっくりと開いた。

「……い……」

い？

「……いらっ、しゃい、ませ……」

マスミはおずおずと、黒髪の女性に話しかけた。

「あの、お店の人、ですか？」

その問いに、彼女は一呼吸ほど間を置いてから、こっくん、と頷《うなず》いた。

「ここは、パン屋さんですよね？」

再び、こっくん、と頷く彼女。

「……パン、買っても大丈夫ですか？　営業してますか？」

立て続けのマスミの質問に、彼女はやはりこっくんと頷いた後で、

「……だい、じょうぶです……やって、ます……」

と、か細い声で付け加えてきた。

かなり変わったお店で、かなり変わった人だが、ここは営業中のパン屋さん、彼女はパン屋さんの店員で間違いないらしい。

気を取り直したマスミは、目を凝らして、カレーパンとコーンマヨネーズパン、そ

れにクロワッサンを選んで、レジに持っていく。

「……四、百二、十円に、なります……」

「はい、ちょっと待ってください」

マスミがごそごそと小銭を探している間、女性は意外にもテキパキとした動作で一つ一つのパンを包装紙で包んで、丁寧《ていねい》に紙袋に入れていく。

「すみません。これで」

薄暗い中で硬貨を見分けるのが面倒になったマスミは、五百円玉を一枚、カウンターの上に置いた。パンを袋に入れ終えた彼女は、レジからおつりを取り出して、マスミに向かって差し出した。

「……あの……八十円、のお返しに、なります……」

「あ、はい」

カウンターの上に広げたマスミの手の平に、彼女は優しく小銭を置いた。

そのとき、マスミの手に、電流が走った。

(この人の指、やわらかいっ！)

ほんのちょっと触れただけなのだが、プルンプルンのプリンというべきか、トゥルントゥルンの杏仁豆腐《あんにんどうふ》というべきか、それほどに彼女の指先はとても柔らかかった。

よくよく見てみれば、髪の間から見えている肌も、向こう側が透けて見えそうなくらい白く、ぷるぷるで、けれどもちゃんと張りもあって……

まるでクラゲみたいだと、マスミは思った。

「……あの……パン……」

お釣りを受け取ったまま、呆《ほう》けた表情で固まっていたマスミに、クラゲの彼女はパンが入った紙袋を差し出した。

「あ、はい！　すいません！」

慌てて紙袋を受け取るマスミだったが、今度は彼女の身体《からだ》の一部が触れるということはなかった。

ここで買ったパンを持ったまま、普通に店の外へ出ていたら、それでもう、この話は終わりだったのだが……

先ほど指の柔らかさに思わぬ衝撃を受けたマスミは、このまま店を出てしまうのが、非常に勿体ないような気がしていた。

「あの」

「……？……」

「すみません。お店の端っこで、パンを食べていってもいいですか？」

どうせほかに客もいないのだから、多少長居しても問題ないだろうと、マスミは店内で食べていくことにした。

もちろん、断られたら諦めるつもりだったのだが、幸いにも、彼女は少し首を傾《かし》げてから、

「……いい、ですけど……」

と言ってくれた。

「……でも、うち、テーブルとか、ないですよ……」

「あ、気にしないでください！　立ったままで食べますから！」

「……あと、飲み物も、置いてなくって……」

「飲み物なしで、パン食べられるんで大丈夫です！」

「……じゃあ……いいですよ……」

何だか無理に押し切るような形になってしまったが……とにもかくにも、許可を得たマスミは、さっそく紙袋からクロワッサンを取り出した。

「じゃあ、すみません。いただきます」

かぶりついた。

ほっぺたが落ちた。

もとい、ほっぺたが落ちるかと、マスミは思った。

さくっとふわっと羽のように軽いクロワッサンが、口の中で溶けるように広がっていき、甘くてしょっぱくて香ばしい、けれども優しい味で舌が満たされていく。もっと味わおうとクロワッサン生地を嚙《か》み締めると、嚙むことでまた少し違った味わいの甘さとしょっぱさと香ばしさを発見する。

いわゆる『美味しいクロワッサン』を食べたことはあったが、このクロワッサンは過去のそれらを遥《はる》かにぶっちぎって美味しかった。

マスミの今までの人生で、一番美味しいパンだった。

「お、おいしい……」

感想が、無意識にマスミの口から零《こぼ》れ落ちた。それぐらい美味しかった。

それが聞こえたのか、カウンターに座ったままの女の人が、マスミのほうを向いた。髪の間から覗いている唇が、ニコリと微笑んだ、ような気がした、

無我夢中でクロワッサンを食べ切ったマスミは、さらにカレーパン、コーンマヨネーズパンにかぶりついた。

二種類のパンも、クロワッサン同様めちゃめちゃ美味しかった。具であるカレーもコーンマヨネーズも美味しいのだが、パンの生地が、圧倒的なのだ。

おいしい、うまい、おいしい、うまい、という言葉で、マスミの頭がいっぱいになる。

マスミは三つのパンを無我夢中で食べた後、興奮冷めやらぬまま、カウンターの女性に向かって話しかけた。

「あの、このパン！　凄《すご》く美味しかったんですけど、誰が作ったんですか！」

「……わ、私ですけど……」

意外な返事に、マスミは驚いた。はっきり言ってこんなに美味しい……いや、それ以前にパンが作れるような人間には見えない。

黒ずくめの彼女は、ぼつぼつと言葉を続けた。

「……うちのパンは、全部、私が作ってます……私、一人で、やってるお店ですので……」

「ひ、一人で、ですか？」

その言葉に、マスミは改めて店内を見回す。

薄暗い店内に並んでいるパンの種類と数は、決して多いとは言えないが……これを全《すべ》て一人で作ったというのなら、かなりの重労働になるだろう。

「ってことは、あなたがこのお店の店長さん？」

「……はい、そうですけど……」

髪で顔が隠れていて分かりづらいものの、彼女の年齢はせいぜい、マスミよりもほんのちょっと年上というくらいだろう。だとすれば、随分若くしてお店を持っていることになる。

「一人でパンを作って、おまけに接客もやるのって大変じゃないですか？」

「……大変です、けど……なかなか、人が来てくれなくって……」

「募集してるんですか、アルバイト？」

「……はい……一応……」

そう言って、彼女が示した指の先……カウンターのちょうど下あたりには、Ａ４サイズの紙が一枚、目立たない位置に貼られていた。

『接客アルバイト募集中　待遇　応相談』

……これだけしか書かれていない。

「アルバイト募集って、これだけですか？」

「……はい……」

こんな正体不明な募集では、さすがに申し込むのが怖すぎる。というか、募集していること自体、誰にも気付かれない。

（いや、そもそもアルバイト以前に……）

「このお店、お客さんって結構来てるんですか？　知る人ぞ知るって感じで……」

「……あんまり……」

さもありなん。

外観だけでここがパン屋と判別するのは至難の業《わざ》だし、マスミだって中に入るのに結構な勇気が必要だった。これで初見の客を呼び込むのは、相当大変なはずだ。

だが、しかし。

パンの味は超絶品なのだ。

ほんのちょっと工夫をすれば、せめて普通のパン屋さんだとアピールするだけでも、今よりもっとずっとお客さんが増えるに違いない。

勿体ない、非常に勿体ない、とマスミは思った。

マスミは意を決すると、女店長に向かってぐっと身を乗り出した。

「突然すみません！　私、畑《はたけ》マスミって言うんですけど！」

「はぁ……マスミさん……」

「店長さんのお名前は？」

「……私は、越前《えちぜん》、蘭子《らんこ》、です……」

「あの、蘭子さん。突然のお願いで恐縮なんですが、私をここで働かせていただけないでしょうか？」

「……え……」

前髪の向こうにある、女店長の……蘭子の目が丸くなった、ような気がした。

「……その……ど、どうして……？」

マスミの勢いに若干身を引きつつ、蘭子はそれでも志望動機を尋ねた。

「元々アルバイトは探していたんです。ただそれは、お金を稼ぐためだけで、なるべく楽な仕事が良かったんですけど……でも！」

先ほどクロワッサンを食べたときの感動を思い出して、マスミの声に力がこもる。

「こんなに美味しいパンを食べたの、私、初めてでした！　蘭子さんのパンなら、もっとお客さんが来ると思います！　食べた人は、きっと喜んでくれると思います！」

専門学校在学中でもついぞこんな情熱的になったことはないというくらい、マスミは熱っぽく語っていた。

「だから、このパン屋さんで、その仕事のお手伝いをさせてほしいって……働かせてほしい、って思ったんです！」

マスミは蘭子に向かって、深々と頭を下げた。

「私、一生懸命やります！　よろしくお願いします！」

こくり、と蘭子が息を呑《の》んだ音が薄暗い店内に響き、一呼吸間を置いた後、

「……えっと、じゃあ……採用、ということで……」

「え！　即決？」

驚いて顔を上げたマスミは、思わず蘭子に確認する。

「いいんですか？　私が言うのもなんですけど、履歴書とか印鑑とか、なんか色々と確認しなくって」

「……大、丈夫です……」

戸惑うマスミに、か細い声で、蘭子はきっぱりと断言する。

「……そこまで、うちのパンに感動していただけたのなら、私は、マスミさんのこと、信用します……」

なんか嘘《うそ》みたいにあっさりアルバイトが決まってしまい、マスミの体から力が抜けていく。ネットで調べた面接のコツとか、一体なんの意味があったのだろうか。

「……それに……薄々思っていたんですけど……」

「はい？」

蘭子は俯《うつむ》き加減になりながら、さらにぽつぽつと言葉を続けた。

「……私って、パンを作るのは、ともかく……接客とか、お店の内装とか、向いていないみたいで……本当は、ほとんど、全然、お客さん来なくって……」

「ああ……」

やっぱり、という言葉を、マスミはさすがに呑み込んだ。

「……だから、マスミ、さんに、パンを食べてもらえて……とても嬉しかったので……こちらこそ、よろしく、お願いします……」

「よ、よろしくお願いします！」

かしこまって挨拶するマスミに、蘭子はさらに話を続けた。

「……私、これからは、厨房で、パン作りに専念したいので……お店のことは、マスミさんにお任せしようと思います……内装とか、好きに変えてください……」

「ほ、本当ですか！」

それはアルバイトとしての権限を軽く越えているような気がしないでもないが……いや、しかし。それくらいはマスミも望むところだった。

手始めに外からでもパン屋だと分かるようにして、店内を明るくすれば、それだけでかなりのお客さんが来るだろう。なんなら可愛《かわい》いマスコットキャラクターを作ってもいいかもしれない。マンガ家（志望）の腕が鳴るというものだ。

　あれこれとプランを思い浮かべているマスミに、

「……ただ、一つだけ、守ってほしいことが、あるんです……」

　と蘭子が付け加えた。

「守ってほしいこと？」

「……はい……」

　そこで蘭子は初めて立ち上がると、それまで暗くて分からなかった店の奥……後に、厨房へ続いているとマスミが知ることになる通路へ一歩進んで、ゆっくりと振り返った。

「……絶対に……私がパンを作っているところを、覗かないでくださいね……」


　そこでマスミは目を覚ました。

　春に蘭子と出会ったことを思い出しているうちに、ぐっすり寝入ってしまったらしい。

（珍しく目覚ましが鳴る前に目が覚めちゃった……今、何時だろう……）

寝そべったまま、マスミは枕元のケータイに手を伸ばした。現在時刻を確認するつもりだった。

（……ん？）

ケータイの画面は完全に暗転していた。いくら操作しても、うんともすんとも言わない。

マスミは首を捻ると、ケータイから伸びる充電コードの先を目で追う。

コンセントが抜けていた。

どうやら昨日、充電するつもりでコンセントを差し忘れ、その結果、ケータイのバッテリーが完全に切れてしまったようだ。

マスミは現代の若者らしく、目覚ましを、ケータイのアラーム機能に頼っていた。

部屋に時計は置いておらず、現在時刻を知りたいものの、時計代わりのケータイは充電切れ。

さてここで問題。

一体今は何時何分なのだろうか？

「お、おかーさん！　おかーさぁぁぁん！」

マスミは跳ね起きながら、家のどこかにいるはずの母親を大声で呼んだ。

「なーにー？　呼んだー？」

すぐに母の声が返ってきた。

「今テレビ見てるんだから、静かにしてよー」

「おかーさん！　今！　何時？」

「いまー？　んーっとね……」

マスミは祈るような気持ちで、母親からの答えを待った。

「えーと、今は十一時、十五分……」

母の言葉に、マスミの頭が真っ白になる。

「じゅういちじ、じゅうごふん？」

あと十五分で海月ベーカリーの開店時間だ。

焦りの余り、マスミは目の前が真っ赤に染まっていくように感じた。

「やばいやばいやばいやばい！」

顔を洗っている暇はもちろん、朝食を取っている暇もない。

マスミはその場にパジャマを脱ぎ散らかすと、最低限、外に出られるレベルのTシャツとズボンを引っ摑んで身に着けた。そして、すぐさま自室を飛び出し、そのままの勢いで家から飛び出す。

海月ベーカリーを開店することのできる人間は、畑マスミ、世界にただ一人だけなのだから！

焦燥感と使命感の狭間にサンドイッチされているマスミが走り去った後……

居間からのっそり顔を覗かせたマスミの母は、あっという間に消えた我が子の背中に向かい、呆《あき》れたように呟いた。

「まったく、あの子は……いくつになっても子どもなんだから」

そう言って彼女は、居間に戻ってテレビの続きを見る。

テレビでは、マスミの母が毎日見ている情報番組を放送中。芸人が地方のスイーツを食レポするコーナーが始まるところだった。

「へえー、トマトとお味噌《みそ》のケーキ？　美味しいのかしら？」

テレビ画面左上の時刻は……十時四十七分と表示されていた。

十一時十五分と、十一時十五分『前』。

きちんと最後まで聞かなかったマスミが悪いのか。紛らわしい言い方をした母親が悪いのか。

責任の所在はさておいて、この『三十分の誤差』は、その後の海月ベーカリーの命運を大きく分けることになる。

「ハァ、す、すいません！　うぇっほ！　えほっ！　おそくなりましたー！」

家から全力疾走してきたマスミは、咳《せ》き込むレベルで息を切らしながら、ようやく海月ベーカリーにたどり着いた。

普段はのんびり歩いて出勤するところを、今日のマスミはただひたすらにダッシュし続けた。こんなに走り続けたのは学生時代……まだマンガに入り浸り切っていなかった小学校の運動会以来かもしれない。

運よく信号や踏切にも捕まらず、マスミの体感では、家を出てから十分も経《た》っていないように感じられた。

（これなら、何とか、開店に間に合う、かな……）

ここで確認しておこう。

十一時に家を出たマスミが、歩いて出勤して、開店十分前にパン屋に着いて開店準備を始めるのが、海月ベーカリー本来の営業スタイルだ。

マスミは今、いつもより遅くなってしまったと思っているが、実際はまだ十一時になるか、ならないかという時間なのである。

そうなると当然の結果として……

「……あれ？　なんだか今日のパン、随分少ないような？」

やっと呼吸が落ち着いてきたマスミが、改めて店内を見回してみると、どうも棚に並ぶパンの種類と数が少ないような気がする。

というか、実際に少ない。

普段パンを並べ終えているタイミングと比べて、かなり早い時間なのだから当然といえば当然だ。

「えーと、フランスパンも出てないし、カレーパンもないし……あれ！　クラゲッサンもないじゃん！」

働き出してから初めての異常事態に、一体どういうことだろう、とマスミは首を捻った。

ここに至っても、マスミは未《いま》だに、自分が現在の時間を勘違いしていることに気付いていなかった。

ケータイはバッテリー切れのまま充電してくる余裕などなかったし、海月ベーカリーの店内に壁掛け時計は存在していない。

もちろん従業員であるマスミが営業中に時間を確認できないのは困る。普段、時間を知りたいときはレジの画面の端っこに表示されるデジタルの現在時刻を見ている。

今はそのレジも電源が切られたまま。開店前に立ち上げるのはマスミの仕事だ。

けれどもマスミはいつもの流れに従って、何はともあれ店長の蘭子に出勤確認……厨房の金属扉にノック……をしようと、ついでにパンの種類が少ないのはどういうことなのか、訊くだけ訊いてみようと、レジをスルーしてカウンターを通り抜け、通路の奥へと向かった。

向かってしまった。

九十度曲がると、厨房の金属の扉が目に飛び込んできたのだが……なんだか普段と様子が違う。

マスミが見る金属扉はいつも、僅《わず》かでも隙間《すきま》があればそこから大切な何かが漏れてしまうみたいに、ぴっちりみっちりと隙間なく閉ざされていた。

だが、今日は……

その扉は僅かに開いており、中から漏れている匂いと光と音が、マスミの鼻と目と耳に飛び込んできた。

匂いは毎度おなじみ、焼きたてのパンの香りなのだが、いつもよりさらに強烈だった。オーブンから出た直後のパンの匂いに、朝食を取っていないマスミの口の中がついよだれでいっぱいになる。

光は初めて見る厨房の照明……二か月前の薄暗かった店内とは対照的な、白く明るい輝きが漏れて、通路を照らしていた。

そして、音。

カチャカチャカタカタというパン作りの器具や鉄板がぶつかり合う軽快な金属音に交じって、可愛らしい女性の声がマスミの耳に届く。

「んっんっん～♪」

しかし、それは声というよりも……

「焼けたの焼けたの～♪　おいしいパンなの～♪」

(歌ってる？　あの蘭子さんが？)

ぽつりぽつりと途切れるように喋《しゃべ》る蘭子しか知らなかったマスミは、意外すぎる歌声に、思わずその場で立ち止まってしまった。

あろうことか、僅かに開いたメタリックな厨房の扉を、じっと見つめたままで。

目を奪われたかのように。

目が離せないとでも言うように。

「それじゃあ今日も～♪　パンを並べるの～♪」

歌に合わせて、ゆっくりと扉の隙間が広がっていく。

開かずの扉が開いていった。

「パンを並べるの～♪　誰にも見られないように～♪　誰も来ないうちに～♪」

もうマスミは来てしまっているのだが。

ここにいてはダメだと分かっているものの、マスミはやっぱり棒立ちのままで動けなかった。

まるで人魚の歌に魅入られた漁師のように……いや、これは言いわけだ。

そもそもマスミは、ずっと気になっていた。立ち入り禁止の厨房には、一体何があるのか。

マンガ家志望のマスミが、気にならないわけがない。働き始めてから二か月の間、何度も覗こうと思ったのに、実行に移さなかったのが奇跡である。

実は蘭子の正体は、鶴か雪女か、狸《たぬき》か狐《きつね》か、はたまたクラゲで、パンを作っている間だけ本性を現しているのではないのか。

二か月の間に、そんな妄想のバリエーションもだいぶ増えていた。

そして、マスミの知りたかった答えが、ついに扉の向こうから現れた。

それは予想どおり、海月ベーカリーの店長、越前蘭子ではあったのだけれども。

れっきとした人間、越前蘭子本人ではあるものの。

蘭子は、マスミの予想もしなかった姿で現れた。

まずエプロン。海月ベーカリーのエプロン。マスミのデザインした『クラーリー』君の描かれた、オレンジ色のエプロンを着けている。それはいい。

頭には、蘭子の黒髪と対照的な白い帽子。子どもの絵描き歌で描いたコックさんが被っているような、食品を扱う仕事には必要不可欠の衛生的な真っ白の帽子。これもいい。

……以上が、蘭子の身に着けていた物の、全てだった。

エプロンと、帽子。

彼女は、本当に、それだけしか、身に纏っていなかった。

エプロンの下には、コックコートはおろか、マスミの着ているようなTシャツどころか、ブラジャーやパンツという下着さえも着けているようには、見えなかった。

厨房から出てきた蘭子の格好は、いわゆる一つの『裸エプロン』だったのである。

(？　？？　？？？)

マスミの頭が、クエスチョンマークで埋め尽くされる。

今の今まで猫背でカウンターに突っ伏した彼女しか知らなかったマスミだったが、蘭子の裸体はとても豊満だった。

真っ白い肌に、どこもかしこも健康的に肉が付いており、胸や尻のボリュームは思わずお礼を言いたくなるほど見事だった。

平たく言うと、とんでもないドスケベボディだった。

いくら観察しても裸エプロンの意味は分からなかったが、目は離せなかった。

特におっぱいやお尻や太ももから目が離せなかった。

そして、蘭子もまた……

「ふんふん……ふん？」

厨房の金属扉が閉まらないようにストッパーを嚙ませたところで、薄暗い通路の真ん中で自分をガン見している存在に気が付いた。気が付いて、大きく口を開けて、固まった。

「……」

「……」

蘭子とマスミ、二人は言葉もなく、お互いに見つめ合った。

それは僅かな時間であったが、二人にとっては永遠に近いものだったに違いない。いい意味なのか、悪い意味なのか、は意見が分かれるだろうけれど。

停止した思考が再び動き出し、言葉を取り戻したタイミングも、ほとんど二人同時だった。

「……あ、あの」

とにかく何か声をかけようと、マスミが口を開いた、次の瞬間。

「あああああああ！」

開いたままの口から奇声を発しながら、蘭子の顔がみるみる赤くなっていった。

「ああ！　ああ、あああ！　ああああああ、あああ、あああああ！」

とにかく『あ』を連呼し、振り向いて厨房に戻り扉を閉めようとして……ドアにストッパーをしていたことを思い出し、ストッパーを外そうと屈《かが》む。

「ちょっ、蘭子さん！」

思わずマスミが声をかけたが、それは扉を閉めるのを引き止めたかったから、ではなかった。

ドアの下のストッパーを外すため、マスミに背を向け、前屈みになったことで、蘭子は思い切り、突き出す格好になっていたのだ。

大きな、とても大きな、色と張りとツヤ、どれをとっても綺麗《きれい》な、お尻を。

どこに出しても、蘭子以外は、恥ずかしくない、完璧な美尻だった。

「あ！　あああああああ！」

それに気付いて、蘭子は慌てて尻を隠そうとしたものの、とても蘭子の両手では隠しきれるサイズではなかった。

蘭子の手は女性にしては大きいが、それでも規格外の尻を前にしては焼石に水だった。

「あぁあああああぁ！」

とにかく蘭子はお尻をマスミの目から隠したかったのだろう。中腰で尻に手を当てたまま、再び百八十度振り向いた。

「ああ！」

無茶な体勢で、無謀な振り向き方をしたせいで、そのままバランスを崩し、厨房の床に尻餅をつく蘭子。

どっすん！

巨大な尻餅の音が響いた。

海月ベーカリー全体が大きく揺れたものの、店の棚に並んだパンたち、厨房の鉄板の上のパンたちは、かろうじて無事だった。

「蘭子さん、大丈夫ですか！」

マスミは反射的に蘭子へ駆け寄り……厨房へ初めて足を踏み入れて……手を差し出し、蘭子を助け起こそうとするが……

「あああああああああ！」

混乱が最高潮に達していた蘭子は、伸ばされたマスミの腕を掴んで、倒れた自分のほうにぐっと引き寄せた。

（……え！）

予想以上の腕力の強さに、あっさりと引っ張られ、バランスを崩すマスミ。このままでは自分も蘭子の上に倒れ込んでしまう。

けれども、マスミの心配は、杞憂《きゆう》に終わることになる。

覆いかぶさるように倒れてきたマスミのおなかの部分に、蘭子は自分の足を当てた。

そのまま蘭子が腕を引き、足を押し出すと、ただバランスを崩して倒れるだけに留まらず、マスミの足がふわりと床から離れる。

「……へ？」

そしてそのまま、相手の倒れる勢いを利用して、蘭子はマスミを自分の後方へと放り投げる！

（あれ？　何か、世界が逆さま……）

投げられたマスミは、そのまま受け身も取れず、床にしこたま背中を強打する。

「ぐえあっ！」

あまりの痛みに潰《つぶ》れたハゼのような声が出る。

厨房の中央の作業台に載ったボールから、風圧で小麦粉がぶあっと舞い上がった。

それはそれは、見事に決まった巴投《ともえな》げだった。


「ご、ごめんなさいごめんなさいごめんなさい！」

「あいたぁ……」

思い切り巴投げを決めたおかげか、蘭子はようやく正気を取り戻し、慌てたように自分が投げ飛ばしたばかりのマスミを助け起こした。

　これがマンガか小説なら、マスミは投げられた衝撃で意識を失っていたのだろうが、現実はそうそう都合よくはいかなかった。痛みで悶絶《もんぜつ》していたマスミは、蘭子の手を借り、なんとかかんとか起き上がる。

　現在、蘭子とマスミは、厨房にあった椅子に座って、向き合っていた。

「本当にごめんなさい！　まさかマスミちゃんがもうお店に来ているだなんて思わなかったから、私、動揺しちゃって」

　そう言って蘭子が頭を下げると、エプロンの上から、押さえつけられた胸の谷間が凶悪なまでに強調された。

「いえ……」

　マスミは目を逸《そ》らすように、厨房の壁に掛けられた時計に目をやる。

　時刻はまだ、十一時を少し回ったところだった。

（理由はよく分からないけど、いつもより相当早く来ちゃってたみたい……）

　つまりどう考えても、悪いのも、約束を破ったのも、マスミのほうである。

「こちらこそすいませんでした。どうやら時間を勘違いしていたみたいで」

　頭を下げ返すマスミに、蘭子はぱたぱたと手を振った。

「ううん！　私のほうこそ、マスミちゃんがしっかり約束を守ってくれているからって、思い切り油断していたんだもの！　誰にも見られたくないんだったら、自分でももっとちゃんと気を付けないといけなかったのに……本当にごめんなさい！」

そう言って再び頭を下げる裸エプロンの蘭子。再び強調される胸の谷間。

それにしても……とマスミは思った。

この人は本当に、あの越前蘭子なのだろうか？

今日初めて見る体はともかくとして、顔と声は確かにどうやら蘭子のようだ。けれどもキャラが全然違った。

喋り方も、全然途切れ途切れじゃない。

蘭子の双子の姉か妹だと言われたほうが、まだ納得できる。

二か月前、クラゲのように頼りなかった蘭子が、裸エプロンに巴投げで自分を投げ飛ばしたという現実も、マスミには未だに受け入れがたかった。

（しかし、この状況、何をどう質問すればいいのかしらん……）

「……」

「ともかく、見られちゃったからにはしょうがないか」

言葉に困っているマスミを見かねたのか、蘭子のほうから話を切り出してきた。

「マスミちゃんには、どうして私が『こんな格好』でパンを作っていたのか、ちゃんと説明するね」

蘭子のキャラの違いも気になるが、確かにそっちも気になった。

「……それは是非お聞きしたいです」

「うん。実は私ね……」

蘭子はとても大事な秘密を打ち明けるように、おずおずと口を開いた。

「裸じゃないと、上手にパンを作れないの」

「はぁ」

そんな声がマスミの口から漏れた。「はぁ?」と言わなかっただけ、マスミは自分を褒《ほ》めてあげたかった。

「それは、その……なんでですか?」

「うーん。一言で言うと、気分の問題、かな!」

「……」

そこまできっぱりと言い切られてしまうと、そんなわけないだろう、と言いづらいマスミだった。

マスミの疑わしい視線を受けて、蘭子はさらに言葉を続ける。

「あのね、私、子どもの頃から人見知りだったんだけど、家では結構やんちゃな女の子だったのよ。いわゆる内弁慶って奴《やつ》かな？　あと、お風呂を出た後、よく裸で走り回っていたりして。なんか裸だと、テンション上がるのよね。そういうことない？」

「まぁ、ないとは言いませんけど……」

「それでね、昔からパン屋さんになりたくって、一生懸命勉強したんだけど、なかなか上手にできなくってね……色々試行錯誤しても、どうしても美味しいパンができなかったから、ある日、試しに服を脱いで作ってみたの」

（いや。その試行錯誤は、完全に迷走していますよね？）

マスミはそう思った。おそらく誰でもそう思うだろう。

けれども、この話の流れだと……

「裸でパンを作ってみたら、美味しくできたのよ！」

「えーと、それはなんでですか？」

「だから気分の問題だって！」

「……分かりました」

いくらなんでも『気分の問題』で片付くことと片付かないことがある。裸になったらパンが美味しくなるのなら、世の中のパン屋さんは皆ヌーディストになっているだろう。

しかしマスミは、蘭子の作るパンの美味しさを知っている。

だから、まあ、気分の問題だとしても、ほかに明確な理由があるとしても、少なくとも蘭子が『裸で作ると美味しいパンができる』というのは本当のことなのだろう。

今はそれで納得するしかなかった。

「ちなみに、エプロンを着けて帽子を被っていますけど、それはいいんですか？」

「それはもちろん。だってパン屋だし。エプロンと帽子は必須だよ」

「……」

当然のように言われたので、マスミはこれ以上深く考えるのはやめることにした。

「ともかく……蘭子さんは、今まで毎日毎日、ここで、裸エプロンでパンを作ってたってことなんですね？」

蘭子は、イタズラがばれた子どものような表情で、

「普通に服を着てパンを作ると、どうしても失敗しちゃうの。さすがに裸で作っていることが、ほかの人にばれたらまずいかなって思って、お店も厨房も、誰にも覗かれないようにしたの。そうしたら、今度はお客さんが全然来てくれないし。開店資金も

リフォームに使ったお金ですっかり底をついちゃったしね。アハハ」

そんな話をしながら笑顔を浮かべる蘭子に、マスミは内心呆れるのを通り越して感心してしまった。

(この人、裸うんぬんを差し置いても、商売が下手《へた》すぎる!)

「ともあれ今では、こうしてお客さんも来てくれるようになったんだけどね……本当、今までありがとうね、マスミちゃん」

(ん?)

そこでマスミは、裸に対する突っ込み以外で、蘭子の話に引っかかりを覚えた。

「あのー、今までっていうのは、どういう意味でしょうか?」

「だって……」

尋ねるマスミに、蘭子は少し寂しそうに目を伏せながら、自嘲《じちょう》するように笑った。

「マスミちゃんだって嫌でしょ? こんな裸でパンを作るような……変な店長のお店で働くの」

その言葉が、マスミの胸の奥で燻《くすぶ》っていた何かに、深く突き刺さった。

恐らく蘭子は、本当に、ただただ美味しいパンを作ることしかできないし、興味がないのだ。

美味しいパンのためならば、裸になることも厭《いと》わない。

けれども、裸でパンを作ることの非常識さを、蘭子は自分でもよく分かっているのだ。

一体、どこのパン屋が、『美味しいパンを作れるんなら、裸エプロンでもいいよ』などと言ってくれるだろう。言ってくれるところがあるとすれば、それは恐らくパン屋ではなく、もっと別の需要に向けたお店だ。

だから蘭子は、こうして自分の店を持ち、お客さんが来てくれる日を信じて、パンを焼き続けるしかなかったのだろう。

マスミだって、自分の夢のためなら、なんだってできるつもりでいた。

だがマスミには、果たして、蘭子ほどの覚悟があるだろうか。

自分の夢に……面白いマンガを描くために、何もかも脱ぎ捨てる覚悟が。

「あの」

マスミは、初めて蘭子のパンを食べたときのように、意を決して、口を開いた。

「もしも……もしも蘭子さんが、私が約束を破ったことを許してくれるなら……それで、もしも裸のことを知っている私がいても、嫌じゃないなら……今までのように、このままここで、『海月ベーカリー』で働かせてください」

お願いします、と深々と、マスミは頭を下げた。

「マスミちゃん……」

蘭子の声は、少し震えていた。

マスミが顔を上げると、蘭子は涙ぐみながら、にっこりと微笑んだ。

「こちらこそ、こんな変な《わたし》パン屋だけど……これからも、よろしくお願いします」


とはいうものの、マスミはそのまますぐに働き始めるわけにはいかなかった。

何しろ厨房で巴投げされたのだ。服も体もあちこち粉だらけである。

接客する上でさすがにこれはまずいということで、マスミは開店前に一度シャワーを浴びることになった。

なんと海月ベーカリーの厨房は、奥にシャワールームが隣接していたのだ。

どう考えても普通のパン屋ではありえない設計だが、これも裸エプロンでのパン作りのために蘭子が施したリフォームの一端なのだろう。

これならパン作りをした蘭子の裸体が粉まみれになってもすぐにシャワーを浴びることができるため、衛生面ではなんの問題もない。それ以前の問題に目を瞑《つむ》れば。

「ふーっ」

というわけで、蘭子が残りのパンをお店に並べている間、マスミはシャワーを浴びさせてもらい、すっきりさっぱりした。朝に洗えなかった顔も洗えて、一石二鳥だ。

厨房とシャワーの間にある狭い狭い脱衣所スペースで、服は相変わらず小麦粉で薄汚れているが、これくらいならいつものエプロンを着ければごまかせるかな、などとマスミが考えていると……

（あれ？）

脱衣スペースの壁には大きな姿見が貼り付けられているのだが、そのさらに上に棚が作り付けられており、何冊か本が並んでいるのに気が付いた。

考えてみれば、普段このシャワーを使っている蘭子にとって、『脱衣』という行為はあまり必要ないはずだ。ほぼ裸のまま入ってきて、ほぼ裸のまま出て行くのだから。だからきっと、彼女はこのスペースに棚を作り、本の置き場所として利用しているのだろう。

マスミがその本棚に興味を引かれたのは、パンやサンドイッチのレシピ本の中に、子どもの頃よく読んだマンガが混じっていたからだ。

いわゆるコミックではなく、本屋でも児童書コーナーに置いてあるようなハードカバーにフルカラー、絵本とマンガの間に位置するような本だ。

タイトルは、『それゆけナノハナベーカリー』。

妖精の『ナノ』と人間の『花』が、パン屋で起こす騒動を描いたマンガである。

（うわっ、懐かしいなぁ！　蘭子さんもこれ読んでたんだ！）

思わずマスミは、本棚からその一冊を抜き取り、表紙に目を落とした。オレンジ色のエプロンを着けた女の子の隣に、彼女の顔と同じくらいの大きさの妖精が描かれている。

『ナノ』の見た目は子どもが描いた落書きのようなシンプルなデザインなのだが、マンガの中では物凄く生き生きと動き回っていたので、マスミの印象に強く残っている。

懐かしさにマスミが顔をほころばせた、次の瞬間だった。

「マスミちゃーん。服、私のだけど良かったら、使っ……」

突然、厨房に繋《つな》がる扉が開き、パンを並べ終えた蘭子が、着替えを持って顔を覗かせた。

このとき、シャワーを浴びた後、マスミはまだ服を着ていなかった。下着も身に着けてはいなかった。

全裸だった。

マスミの裸が、蘭子の目に映し出された。

（あら。マスミちゃんって随分胸が小さいのね）と思った蘭子は、すぐに（そんなこと考えちゃ失礼よね）と、上半身から目をそらすつもりで、視線を下げた。

そして、蘭子の視界に飛び込んできた、マスミの股間には。

ウナギのような。

ホッキガイのような。

チンアナゴのような器官が。

立派に、ぷらぷらと揺れていた。

「！？！？！？！？！？！？」

蘭子の目は、マスミのその部分に釘づけになる。彼は、慌てて本を持っていないほうの手で股間を隠した。

「ら、蘭子さんのエッチ！」

蘭子の思考は停止した。

自分の裸エプロン姿を見られたときより、お尻を見られたときよりも、長く停止した。

そして……

「きぃいいいいいいぃぃぃぃぃぃぃぃぃあああああぁぁぁぁぁぁぁ！」

蘭子の絶叫が、海月ベーカリーを……いや、どっこい商店街を揺るがした。


「本当にすみませんでしたぁぁぁ！」

マスミは全身全霊を込めて、土下座をしていた。

傍らには、持ち出してしまった『それゆけナノハナベーカリー』が置いてある。

「……」

けれども相手は、黙して何も語ろうとしない。

それもそのはずである。マスミが土下座をしているのは人間ではなく、海月ベーカリーの厨房、その金属扉だった。

あの後、問答無用で、一言の弁解も許さず、マスミを厨房から追い出した蘭子は、再び金属の扉をぴっちりと閉ざしてしまった。

そこから通路にいるマスミが、何を言おうが何度扉を叩《たた》こうが、中の蘭子は扉を開けようとしなかった。完全に天岩戸《あまのいわと》状態だった。

とにかくマスミは謝罪することにした。できれば本人に謝りたかったが、出てきて

くれないのだから仕方がない
畑マスミ、扉に向かって、全力で土下座をしていた。

ある意味、男らしかった。

「本当にっっっごめんなさい！　まさか蘭子さんが、私のことを女だと思っているとは！」

とは言うものの、マスミ一人が全面的に悪い、というわけでもない。

そもそもマスミはパンを食べたときの感動と熱意だけで、蘭子に雇ってもらえることになった。

だから蘭子は、マスミの履歴書も身分証明も見ておらず、それはつまり、一目見れば分かるはずの『性別：男』という項目を見ていないということになる。

加えて、蘭子はこの二か月、ほとんど厨房に閉じこもっていたため、マスミと顔を合わせた機会は数えるほどしかなかった。

新商品やマスコットキャラクターのアイディアを提案したとき、一応、顔を合わせはしたものの、そのときの蘭子は服を着ていて、人見知りモードのスイッチが入っていた。あまりまともにマスミの顔を見てはいない。

じっくりマスミを観察したからと言って、髪が長めの声が高め、スタイルも割とスマートな彼のことを男だと見抜けるかどうかは、また別の話なのだが。

「あの、理由になるかどうか分かりませんけど、言いわけを聞いてください！」

「……」

沈黙したままの金属扉に向かって、マスミは土下座をしたままで、釈明をし始めた。

「蘭子さんを騙《だま》すつもりは決して、なかったんです！　訊かれたら言うつもりだったんですが、まったく訊かれなかったので、ついつい言うタイミングを完全に逃してしまっただけで！」

「……」

「昔からよく、女の子に間違えられることはあったんです！　うちには姉が二人いまして！　Tシャツなんかは、結構姉のお下がりを使わせてもらっているもので！　自分のお小遣いはマンガを買ったらなくなってしまうんで、服を買うお金が残らなくって！」

ちなみにマスミの母親は、服のセンスが壊滅的なため、母に服を買ってきてもらうという選択肢は存在しなかった。

「で、そのマンガ！　あ、私、マンガを描いてるんですけど！　マンガ家になりたくて！　姉たちの影響が強かったせいか、男のくせに少女マンガなんか描いてましして！

でもこれがなかなか、上手《うま》く描けなくって！　専門学校の先生にも、君は女の子の気持ちが分かってないって言われまして！　それで、ちょっと女の子っぽくなってみたら、女の子の気持ちが分かるかと思いまして！」

その、少し女の子っぽい振る舞い、が予想以上にハマってしまった結果、いつの間にかマスミは『男の娘《こ》』の一歩手前まで上り詰めていた。

「とはいえまさか、蘭子さんがこんなに長い間、ずっと性別を勘違いしているとは思わず……すいませんでしたぁぁぁ！」

ちなみに、付け加えるならば。

マスミの一人称が「私」なのは、パン屋で働き始める直前に見た、『面接のコツ』というWEBサイトで、「一人称にボクやオレはNG、私と言おう」と書いてあったから。ただそれだけが理由である。

「……」

「……」

厨房の扉と、土下座をするマスミ。

どちらも動きがなく、このまま膠着《こうちゃく》状態に持ち込まれるかと思われた、そのときだった。

た。


「すいませーん」

第三者の声が、海月ベーカリーの店のほうから聞こえてきた。

マスミは体をビクリと震わせたものの、それでも土下座の姿勢から頭は上げなかった。

それに、あの声は……

「あれー？　おかしいな。パンはあるのに、誰もいない」

それはいつも、マスミ目当てに店にやってくる、あの青年警察官の声だった。

（なんで？　どうして？　こんなに早く？）

動揺するマスミに、どうやら店に入ってきたらしい警察官は声を張り上げた。

「あのー。すいませーん。昨日買ったクラゲッサン、同僚に分けたら、美味しいってとても好評だったんで、今日は代表して、皆の分のお昼のパンを買いにきたんですけどー」

『クラゲッサン』のせいだった。

そのクラゲッサンを、あの警官にすすめたのは、マスミである。

つまり自業自得と言えなくもない。

「うーん、誰もいないのかな？　もしかして、さっき聞こえたっていう大きな女の人の叫び声は、ここのお店から？　何かあったんじゃあ……」

彼の大きな独り言は、通路にいるマスミの耳に届いている。このままでは、警察官がこっちに来てしまう。

（一体、どうすれば……）

絶体絶命の大ピンチに、追い詰められたマスミに、救いの女神は金属扉の向こうから手を差し伸べた。

天岩戸がゆっくりと開かれ、そこから、相変わらず裸エプロン姿の蘭子が顔を覗かせたのだ。そうして、扉の前で頭をこすりつけるマスミの姿を見て、ため息を一つついた。

「もう、分かったから。顔を上げてください」

店にいる警察官の耳に聞こえないよう、小声でひそひそと蘭子は言った。

「……いいえ、蘭子さんに許してもらうまでは！」

マスミも小声で答える。

「だから、許してあげるから。そもそも、勘違いしていたのは私だし。色々と内緒にしていたのも私だから、お互い様ってことで」

「本当ですか！」

「うん。これでもう、秘密も、恨みっこも、なし」

「あ、ありがとうございます！　それじゃあ、すぐにお店のほうに……」

「待って！」

立ち上がろうとしたマスミに、ストップをかける蘭子。

「えっと、許してくれるんじゃあ……」

「許すってば。顔を上げるのはいいけど、立ち上がるのは待って。っていうか、マスミちゃん」

蘭子は顔を赤くしながら、先ほど渡すはずだった着替えを、マスミに差し出した。

「お店に出る前に、服は、着てください」

シャワールームを出た後でそのまま追い出されたマスミは、未だに全裸だった。

全裸で土下座をしていたのだった。

マスミは、ひどく赤面し、思わず俯いた。

彼の目に飛び込んできた『それゆけナノハナベーカリー』の表紙の中で、妖精の『ナノ』が鼻で笑っているように見えた。

第二話　パン屋さんと商店街の愉快な人々

「あとはこのお店《みせ》だけの特別《とくべつ》なパンを作《つく》りたいですわね」

『ナノ』が焼《や》いたパンをひととおり食《た》べてから、『花《ハナ》』が言《い》いました。

「特別《とくべつ》なパンなの？　たとえばどんなのなの？」

「そうですわね〜。……あ！　せっかくお店《みせ》の周《まわ》りにいっぱい咲《さ》いているんですから、『菜《な》の花《はな》』のパンなんてどうかしら？」

「菜《な》の花《はな》ぁ？　まぁ、試《ため》しにちょっと作《つく》ってみてやるの」

お店《みせ》の外《そと》で菜《な》の花《はな》を摘《つ》んできた『ナノ』は、それを使《つか》ってパンを作《つく》りました。

「できたの。『菜《な》の花《はな》の芥子《からし》和《あ》えのサンドイッチ』なの」

「思ったより和風《わふう》ですわ！」

ですが美味《おい》しかったので、これも売《う》ることにしました。


『それゆけナノハナベーカリー　第三話より』

上から見ると寝転んだ猫のような形の町・鋸蔦《のこった》の『どっこい商店街』には、首につけた鈴のような位置に一軒の喫茶店がある。

その名も、喫茶セイレーン。

ある梅雨《つゆ》の日の午後、モダンな雰囲気が漂うその店から、初老の男性が一人、表へ出てきた。

白い髪の毛に口髭《くちひげ》を生やしたその人物は、背が高く、黒い蝶《ちょう》ネクタイを締めていた。客ではなく、店の人間のようだ。箱と呼ぶには薄い、大きくて平たい容器を脇に抱えていた。

「では、いってきますね」

開いた出入口から、彼が店内に声をかけると、

「はいは～い。よろしく～」

という軽いノリの返事が戻ってきた。

男性は微笑《ほほえ》みを浮かべると、じめじめとしてきた空気の中、ゆっくりと商店街の通りを歩いて行った。

一見、一年を通して売り上げが安定していそうなパン屋にも、繁忙期というものが存在する。秋から春にかけての季節が、パンはよく売れるのである。

それは裏を返せば、『夏は売り上げが落ちる』ということにほかならない。

理由は色々あるようだが、一言で言えば、『暑いから』だろう。

ただでさえ蒸し暑く、食欲が落ちていく時期には、冷たい素麺《そうめん》か何かを流し込みたいと思うのが人情というものだ。反対に、口の中の水分を根こそぎ持っていってしまう乾いたパンは、あまり日本の夏に向いていないのかもしれない。

というわけで六月に入ってから目に見えて下がる売り上げに、『海月《くらげ》ベーカリー』のたった一人の従業員である畑《はたけ》マスミも、頭を悩ませているのだった。

「……売れないなぁ……」

カウンターに頬杖《ほおづえ》をついて店内を見回し、マスミは一人、ため息をついた。

先月までと比べると、明らかにパンが売れ残っていた。並べているパンの数自体を以前より減らしていることを考えると、今日の売り上げもまた、マスミが働き始めて以来の最低記録を更新してしまうかもしれない。この一週間はずっとこんな感じだ。

店長である蘭子《らんこ》の『特別な作り方』のおかげか、パンの味やクオリティに問題はない。ただそれでも、お客さんも、一人あたりが買うパンの数も減っていっている。

営業に関する業務全般を任されているマスミとしては、このままなんの対策も講じないというわけにはいかなかった。

「でも、具体的にどうすればいいのかな……」

悩むマスミの独り言は、ぎぃ、と開いたドアの音で中断された。

「いらっしゃいませ！」

慌《あわ》てて顔を上げると、黒い蝶ネクタイの男性が一人、店内に入ってきた。彼は穏やかな微笑みと共に、マスミに「失礼」と軽い会釈をする。

「あ、マスターさん」

『マスター』と呼ばれたその男性はマスミとも顔なじみの人物だった。

普段はどっこい商店街の喫茶セイレーンで、コーヒーを淹《い》れている紳士である。

「どうも。サンドイッチ用の食パンを取りに伺ったのですが」

「はい、用意できてます！　少々お待ちください！」

マスミは背後の棚で、スライスせずに丸ごと置いてあった食パンの本数を数えた。

「えーと……今日は『角食《かくしょく》』が三斤、『山食《やましょく》』が二斤でいいんですよね？」

最近覚えたパン屋さん用語を使って、マスミはマスターに確認する。

「はい。それで大丈夫です」

『角食』というのは、四角い食パン。『山食』というのは、上部が山のように膨らんだ食パンのことだ。使っている生地も作り方もほとんど同じ物だが、型に蓋《ふた》をして焼くときっちりとした角食に、蓋をしないで焼くと膨らんで山食になる。

それから『斤』というのは元々、重さの単位だが、現在では食パンを数えるための単位として用いているパン屋が多い。『一斤』というのは焼く前の生地の重さが、大体三百五十グラム前後ということである。

「ちょっと待ってくださいね」

マスミはマスターが手にしているものと同じ容器を棚の下から取り出すと、四角柱の長い食パンを一本と、それより短いが大きく盛り上がっている食パンを二つ、潰《つぶ》さないように入れた。

「前の『ばんじゅう』は、こちらに置いておけばよろしいですか？」

喫茶店から持ってきた容器を、カウンターの隅に下ろしながらマスターが尋ねる。

「あ、はい。その辺で大丈夫です」

『ばんじゅう』とは食品業界で使われる運搬用の容器である。コンビニなんかで品出し前のお弁当やオニギリを並べて詰めているアレの名前だ。マスミも見た目だけは知っていたのだが、名前を知ったのはパン屋で働き始めてからだ。

一応パン屋の所有物なのだが、受け渡しの際の手間を省くため、パンの注文があるときまでセイレーンには前回の『ばんじゅう』を預けている。

「いつもすいません。わざわざ取りにきてもらっちゃって」

「いえいえ。うちは今の時間帯、私一人なら少し抜けてきても大丈夫ですから」

聞いた話では、セイレーンにはマスターだけでなく、もう一人従業員がいるらしい。マスミは会ったことがないが、その従業員は若い女の子に人気があり、かなりのイケメンだという話だ。ちなみに情報源は、マスミの母と姉たちである。

「パン屋さんこそ大変でしょう、ずっとお一人で接客をされていては」

「最近はそれほど忙しくもないんですけどねぇ……」

だからと言って、確かにマスミがパン屋から離れて食パンを届けるわけにはいかなかった。蘭子が金属扉の向こうの厨房《ちゅうぼう》でパン作りに精を出している間、海月ベーカリーで接客ができる人間は、マスミ一人だけなのだから。

「セイレーンさんに定期的に食パンを注文してもらって、本当、助かってますよ」

しかし、いつまでもたった一軒の喫茶店が買ってくれる食パンの売り上げに頼ってばかりはいられない。七月、八月と気温が高くなってくれば客足はさらに遠のくだろう。

食パンを並べた『ばんじゅう』をマスターに手渡しながら、マスミは再び今後の対策について頭を巡らせる。

「毎度ありがとうございます」

「こちらこそ、いつもありがとうございます。では、私はこれで」

「あ、ドア、開けますね！」

マスターの両手はパンが入った『ばんじゅう』で塞《ふさ》がっている。出入口の木のドアを開けようとマスミがカウンターから出ようとしたちょうどそのとき、タイミングよく外から人が入ってきた。

「こんにちはー！　あれ、あなたは……」

パン屋に入ってきたのは、常連客の警察官だった。彼を見て、マスターは温和な笑みを浮かべて会釈した。

「どうも、犬丸《いぬまる》巡査。パトロールお疲れ様です」

「いえ！　毎日お仕事ご苦労様であります！」

警察官……犬丸巡査は、食パンを抱えたマスターのために、ドアを開けたまま押さえて、体を横にずらした。

「ささ、どうぞどうぞ」

「おっと。これは失礼。ありがとうございます」

最後にもう一度マスミを振り向いて軽く頭を下げ、マスターは犬丸巡査の開けるドアから出て行った。

「いやー、セイレーンって、ここの食パンを使っていたんですね！」

犬丸巡査はしまりのない笑顔をマスミに向ける。

「……ええ、ご贔屓《ひいき》にしてもらってますね」

「なるほどー！　どおりでセイレーンのサンドイッチは美味しいと思いましたよ！はっはっは！」

親切な警察官に見えた先ほどの場面も、こうなると早く二人きりになりたいがために、積極的にマスターを追い出したようにも思えてくるのは、マスミの考えすぎだろうか。

そういえば犬丸巡査が、セイレーンのマスターと同じ時間帯に現れるのは初めてのような気がする。なんだか最近の彼は、来店する時間を小刻みにずらして調節し、『なるべく長くマスミと二人きりでいられる時間帯』を探っているようにも思えるのだが……

何しろ犬丸巡査に対しては完全にタイミングを逃してしまって、未《いま》だに自分が男であることを言えずにいるマスミだ。

下手《へた》に「私が男だってこと、おまわりさんに言いましたっけ？」なんて言い出して、梅雨でも来てくれる貴重な常連客を失うような事態になることは避けたい。

（よし。とりあえずこの件については、後で考えよう）

問題を先送りにすることにしたマスミは、犬丸巡査との会話に戻る。

「おまわりさん、よく食べるんですか？　セイレーンのサンドイッチ」

「ええ、あそこは交番に近いので、お昼を食べに……」

と、そこまで言って失言に気付いたのか、犬丸巡査は焦った表情で、

「い、いえいえ！　朝ごはん代わりに、軽く食べる程度ですが！　やっぱりお昼には、こちらのパンが最高ですからね！」

と普段の言動と行動……毎日のように海月ベーカリーにパンを買いにくることとの矛盾点に、苦しいフォローを入れた。

（……遅めのお昼だろうと、がっつりとしたおやつだろうと、六月に入ってからもしよっちゅうパンを買ってくれることには間違いないから、どっちでもいいんだけど）

どこか他人事《ひとごと》のように考えるマスミだったが、そこでふと思い至って、口を開いた。

「あの、おまわりさん？」

「は、はい！　なんでありますか！」

ぴしっと姿勢を正す犬丸巡査に、マスミは訊《き》いてみる。

「実はですね、最近蒸し暑くなってきたせいか、パンの売り上げが減ってまして」

「え！　そうなんですか！」

犬丸巡査は大げさに驚いてみせる。

「ここのパン、凄《すご》く美味しいのに。本官は夏でも全然いけちゃいますけど」

「ありがとうございます。それでですね、よく来てくださるおまわりさんから意見をお聞きしたいんですけど……うちのお店で、こうしたほうがいいところとか、何かありますかね？」

ある意味で一番の常連である犬丸巡査なら、客としての目線で、何か思いついてくれるかもしれない。マスミはそう思って、犬丸巡査の意見を尋ねてみることにしたのだ。

「う〜ん。そうですね〜」

犬丸巡査はしばらく腕を組んで、首を捻《ひね》っていた。どうやら真剣に考えているらしく、その辺りが、マスミが彼のことをあまり憎めない所以《ゆえん》である。

やがて、犬丸巡査は、言葉を選びながら、ぽつぽつと話し出した。

「えーとですね……これは決して悪口ではないのですが、こちらのパンはどれも美味しいんですけど、本官みたいに体を動かすことの多い人間には、少々物足りないと言いますか、ボリュームが足りなく感じることが、たまにありますね」

「ボリュームが、ですか？」

犬丸巡査の答えは、意外なものだった。マスミは棚に残っているパンを見回してみる。

マスミには、どのパンもそれなりに大きなサイズに感じられるのだが……

「ああ、いえ。サイズが小さいというわけでなくてですね。具や中身に、もっと量や種類があればいいなっていう感じですね」

「具や中身に……」

確かに今、海月ベーカリーの主力となっているパンは、クラゲッサンをはじめクロワッサン数種類に、食パンやフランスパンやバターロールなど、特に具の入ってない、パン生地の美味しさだけで勝負しているパンだ。

アンパンやカレーパン、コーンマヨネーズパンなどの商品もあるにはあるが、言われてみれば、いわゆる定番のパンを揃《そろ》えているだけで、具材のバリエーションは他店と比べて少ない。コンビニのパンコーナーのほうが多いくらいだ。

「これから夏になるにつれ、さらに蒸し暑くなってくると、本官のように外を歩く仕事は汗をかきますし、もっとしょっぱい……味の濃いパンが置いてあったりすると、嬉《うれ》しいですね」

「なるほど……」

マスミはそもそも、この店のパンの生地の美味しさの虜《とりこ》になったため、具材を物足りなく感じることはなかったが、確かにその方向には、まだ十分手を加える余地が残っていた。

今にして思えば、春先は女性客が大半で、男性の常連客は犬丸巡査ぐらいだった。だとすれば、がっつりとした味が濃い目のボリュームのあるパンを発売すれば、顧客の新規開拓も狙えるかもしれない。

「本官の思いつくことと言ったら、これくらいでして……素人の意見で申しわけないですが」

「いえ、とんでもない。とても参考になりました。どうもありがとうございます」

マスミは珍しく、本心から犬丸巡査にお礼を言った。

そうして犬丸巡査がアンパンとクラゲッサンほか、数点のパンを買って帰り、お客さんが一人もいなくなったタイミングを見計らって、マスミは足早に奥の厨房へと足を運んだ。

金属扉の前に立ち、カカ、カカ、カン、とノックする。

ゆっくりと扉が開き、厨房から蘭子が顔を覗《のぞ》かせた。扉の向こうの体は相変わらずの裸エプロンで、豊満な胸を隠すように押さえながら、マスミに尋ねる。

「どうかした?」

「あの、蘭子さん。新商品について、アイディアがあるんですけど」

この後、マスミは犬丸巡査からの意見を自分で思いついたかのように、蘭子に話した。

ちょっと見栄《みえ》を張りたいお年頃なのである。

ほどなくして、海月ベーカリーに新商品が誕生した。

増えたのは、カレーパンの種類だ。とは言っても、元々あったカレーパンに使っていた自家製カレーフィリングを、いくつかの小鍋に分けて、後から具を加えてみただけである。

とりあえず増やしてみたカレーパンの種類は二つ。

シーフードミックスを足した『シーフードカレーパン』。

もう一つは、鯖《さば》の水煮缶を足した『鯖カレーパン』だ。

せっかく海に近いのだから、具材に魚介類を使って地元の人たちにアピールしてみよう、という狙いである。

ちなみにカレーに鯖缶を足すというのは、マスミの母のレシピを拝借した。これが案外美味しくて、パンにもよく合っていた。

カレーパンの種類を増やした結果、海月ベーカリーの売り上げはそこそこ回復した。

それは多分に自分のアイディアが採用された犬丸巡査が、毎日大喜びで二種類のカレーパンを買っているせいもあったが、狙いどおり、犬丸以外の男性客が買いにくることが多くなったことも理由に含まれるだろう。

ついでに言うと、意外とご年配の方や、若い女性、さらには子どもまで新作カレーパンを買っていった。魚とカレーという組み合わせは、広く客層の心を捉《とら》えたようだった。

このまま増えた客の心を夏の終わりまで手放さないように、さらにガッツリとした魅力ある新商品を展開したい。

マスミは蘭子に相談し、ならば次の新商品も、魚を使って考えてみようということになった。カレーにするかどうかは置いておいて。

しかしパンの具材に相応《ふさわ》しい魚とは何だろうか。

蘭子は、パン以外の食材に関する知識はそれほどでもなかった。マスミの知識に至っては、基本的にネットと他人の受け売りである。

分からないことは、専門家に聞くべし。

蘭子とマスミは、六月のとある定休日（毎週水曜日が海月ベーカリーの定休日だ）、二人でどっこい商店街の魚屋を訪れることにしたのだった。

最初、蘭子は一人で行くつもりだった。休みの日までマスミに付き合ってもらうのは申しわけない、と言っていた。

しかしマスミが、何を今更水臭い、お店のことはもう私にとっては他人事じゃあないんですから、是非同行させてくださいよ、と押し切ったのだ。

もちろんその気持ちに嘘《うそ》はなかったが……休みの日、つまりプライベートでも蘭子に会えるということに、一ミリも浮き足立っていなかったかと言えば、嘘になる。

だがしかし。

「……お、お待たせ……それじゃあ、行きましょうか」

当日、待ち合わせ場所（海月ベーカリーの前だけど）に現れた蘭子のスタイル……ナマコのような鼠色《ねずみいろ》のジャージを見た途端、マスミのデート気分は綺麗《きれい》さっぱり雲散霧消した。

っていうか、ジャージって。

「ほかに服はなかったんですか？」

脱力するマスミに対して、蘭子はぬらりと黒光りするアスファルトに視線をやったまま、言いわけがましく答える。

「……ごめんなさい……新商品のことばっかり考えてたら、最近、洗濯するのをすっかり忘れていて……夏物の服が全然なかったから、とりあえず引っ張り出してきたんだけど……やっぱり変、かな？」

「うぅぅぅん……まあ、大丈夫ですけどね」

このまま都市部のデパートに繰り出すというなら全力で止めるが、目当ては同じ商店街の魚屋だ。ギリギリだが許されるラフさだろう。年頃の女性としてはどうかと思うけれど。

「っていうか、今更私相手に緊張も何もないでしょうに。どうしてそんなビクビクしてるんですか？」

「ご、ごめんね……厨房にいるときと違って、やっぱりこうして服を着て、外に出ちゃうと、なんか萎縮《いしゅく》しちゃって……気分の問題、なんだけどね」

気分の問題なら、仕方なかった。


猫のような形の町・鋸蔦。その尻尾《しっぽ》の先にある海月ベーカリーは当然、町の端に位置する。

尻尾の先から猫の背中のほう……鋸蔦駅前に向けて、マスミと蘭子は商店街を並んで歩いていた。

駅が近くなるにつれ、ラーメン屋やタコヤキ屋、お弁当屋などの食べ物を扱う店が増えてくる。それに伴い人通りも多くなっていった。

「やっぱり、こっちのほうは賑《にぎ》わってますね」

マスミの言葉どおり、鋸蔦駅前は『どっこい商店街』で最も活気に溢《あふ》れたエリアだ。地元の主婦や子どもたちの姿がちらほらと見られ、また海水浴に来たと思《おぼ》しき家族連れや学生グループも目立っていた。

「……海月ベーカリーも、立地がこの辺だったら、観光客も狙えたんですけどね」

タコヤキ屋に並んでいる五、六人の客を見ながら、マスミは羨《うらや》ましげに呟《つぶや》いた。

海水浴が目的で鋸蔦に来る人々は、この『猫の背中』の辺りで食料を仕入れて海のほうへ向かうことがほとんどだ。

そして多くの観光客は、さまざまな店構えが並ぶ大通りを歩いていき、そのまま『猫の上半身』を通って、海水浴場へ向かう。

『猫の下半身』を通る道でも、一応、海へ出ることはできるのだが……尻尾の先、つまり海月ベーカリーを通り過ぎた後は、民家の立ち並ぶ住宅街を歩かなければ、海水浴場へはたどり着かない。わざわざそちらのルートを選ぶ人が少ないため、パン屋の前を通る観光客はほとんどいないのが現状だ。

「……で、でも……」

マスミの呟きを聞いていた蘭子がおずおずと口を開く。

「自宅から駅に向かう人や、仕事から帰ってきた人たちは、海月ベーカリーの前を通ってくれることが多いから……私たちは頑張って、その人たちが食べるためのパンを売ればいいんじゃあ、ないかな……」

「……」

マスミは目をぱちくりさせて、隣を歩く蘭子を見た。

「……私には、パンの売り方はよく分からないから、間違《まちが》っているかもだけど……」

マスミの視線に気付いているのかいないのか、蘭子は俯《うつむ》き加減で自信がなさそうに続けた。

「いいえ。蘭子さんの意見のほうが、筋が通ってますね」

「……本当に？」

「はい。確かに、いつも来てくれるお客さんが喜んでくれるパンを考えるべきです。そのためにも、美味しい魚が見つかるといいですね」

「……うん」

駅前を通り過ぎた二人は『猫の上半身』を縦断している道を歩き続け……やがて寝転んだ猫の前脚の辺り……にある魚屋にたどり着いた。

魚屋・魚渦《うおうず》。

何よりも新鮮さが自慢という魚屋で、商店街の飲食店の間でも評判のお店だ。

「らっしゃい、らっしゃい！　今日は新鮮なカジキマグロが入ってるよ！」

店先では、魚屋の店主と思しき中年男性が声を張り上げていた。スキンヘッドに筋肉モリモリで、夜の繁華街で見かけたら裸足で逃げ出したくなるが、昼間の商店街で見ると絵に描いたような魚屋さんである。

「こんにちは～」

「……」

人見知りモード全開の蘭子をとりあえず背後に庇《かば》いながら、マスミは店主に声をかける。

「へい、らっしゃい！　何かお探しで？」

「えーと私たち、『どっこい商店街』のパン屋なんですけど、今度お店でお魚を使った新商品を出そうと思ってまして……」

マスミは最初から自分たちの立場と目的を明かしていくことにした。

今回は新商品開発のため、どんな魚があるか見にきたのだが、場合によっては今後、海月ベーカリーも、魚渦から定期的に魚を仕入れる展開もあり得る。だとすれば、早いところ顔なじみになっておいても損はないだろう、という狙いもあった。

「パン屋っつーと、あれかい？　もしかしてクラゲのなんとかっていうお店かい？」

さすが魚屋というべきか、覚えているのは店名の前半のほうだった。

「そうです。海月ベーカリー、ご存じでしたか？」

「おう。おれぁ買いにいったことなくって悪いけど、噂《うわさ》はこっちまで届いてるよ。なかなか美味しいらしいじゃねえか」

「……あ、あ……」

そこでマスミの背中に隠れたままの蘭子が、口を開きかけたのだが、

「ん？」

「……」

店主に視線を向けられて、再び口を閉ざしてしまう。マスミが苦笑いしながら、蘭子の気持ちを代弁する。

「すみません。うちの店長、人見知りが激しいもので……ありがとうございます、だそうです」

「へえ。その若さで、パン屋の店長さんかい。そりゃあ大したもんだな」

感心したように店主に言われ、蘭子はおどおどしつつ、それでもなんとか返事をする。

「……ど、どうも」

「まあ、商売ってのは色々大変なこともあるだろうが、おれたちぁ同じ商店街の仲間みてえなもんだ。おれぁ、ここで昔から魚屋やってる、小山内《おさない》満《みつる》ってもんだ。なんかあったら言ってくれよ。助け合っていこうぜ」

そう言って笑う店主……小山内に、マスミはほっとひと安心していた。この魚屋、ビジュアルはおっかないが、優しいおじさんのようだ。

「んで、魚を探しにきたんだったな」

「あ、はい。そうです。何かおススメとかありますか？」

「うーん。売り物のパンに使うとなると、あんまり珍しい魚や、高い魚じゃないほうがいいよな？　となると、イカやタコやエビ辺りか、あとは貝なんか……」

小山内が店先の魚介類をマスミたちに見せ始めた、その直後だった。

「ちょっと待ったー！」

奥から響いた大声に続いて、ドタバタと足音が聞こえてきて、人影が店の中から飛び出すように現れた。

「はい？」

マスミたちは突然の闖入者《ちんにゅうしゃ》に視線を向けようとして……頭頂部しか見えなかったので、ぐっと視線を落とした。

その人物は、マスミや蘭子と比べ、二十センチほど身長が低かった。黒い髪はふわふわと柔らかそうで、声も可愛《かわい》らしい。ちょっとツリ目気味でネコザメのような顔立ちをしている。

Tシャツにジーパンという格好《かっこう》に加え、前掛けに『魚渦』と書いてあるので魚屋の人間だとかろうじて分かった。それがなければ、小中学生の女子にしか見えなかっただろう。

その小さな少女（?）は、軽く息を切らせながら、マスミの顔を見上げると、びっと人差し指を突き付ける。

「あ、アンタ！　もしかして海月ベーカリーの看板娘？」

「そ、そうですけど……」

でも男なんで看板娘じゃあないですよ、と訂正する前に、

「くぉら！　お客さんを指さすな！」

と小山内が怒鳴り声と共に、お人形少女の脳天に、ゴツンと一発拳骨《げんこつ》を食らわせた。

「ぎゃぴ！」

魚屋少女は、たまらず頭を押さえてうずくまる。

「ったく、見た目だけでなく、気分までいつまで経《た》ってもガキでいやがって」

「あ、あの〜……こちらの子は？」

マスミは恐る恐る、小山内に向かって質問した。ちなみに蘭子は、目の前で繰り広げられたバイオレンスに、すっかり縮こまり、マスミの背中にしがみついてプルプル

震えている。

「ああ、こいつぁおれの娘の叶《かなえ》ってんだ。ナリはチビだけど、嬢《じょう》ちゃんたちと同い年ぐらいだと思うぜ？　ったく、カルシウム足りてねえから小学生で成長が止まっちまうんだよ」

「チビ言うな！　カルシウムなら足りてるよ！　毎日毎日魚食べてるんだから！」

拳骨の痛みからなんとか復活した少女……という年齢ではないらしいが、ともあれ魚屋の娘・叶は、立ち上がるとマスミをキッと睨《にら》みつけた。

「それより！　お父ちゃん、こんな連中に魚を売ることなんてないよ！」

「なっ……」

「そりゃあ一体どうしてだ？」

叶の台詞《せりふ》に、言葉を失うマスミに対し、父親である小山内は慣れているのか、普通に娘に訊き返した。

「決まってるだろ！　せっかくお父ちゃんが仕入れた新鮮な魚、こいつらに渡しても鯛《たい》の持ち腐れだからさ！」

それを言うなら、『宝の持ち腐れ』だ。『腐っても鯛』と混ざっている。

「そうなのか？　おれぁ、あそこのパンはなかなかのもんだって評判を聞いたけどよ」

「ふん！　みんな珍しいパンに飛びついてるだけだよ！　どーせすぐに潰れちまうよ！　魚を売るだけ無駄ってもんだよ！」

これ以上さすがに、マスミも黙って聞いているわけにはなかった。

「ちょっと！　あなたに、うちのパンの何が分かるって言うんですか！」

マスミの視線を真正面……から受け止めるわけには身長の関係上いかなかったが、それでも叶は、精一杯背伸びをして、叫んだ。

「確かにあたしに、パンのことは分かりゃしないよ。でもね、アンタらだって魚のこと、なんも分かりゃしないだろう！」

叶は「ちょっと待ってな！　逃げんじゃないよ！」と言い残し、魚渦の店の中に入って行った。

そしてすぐに小鍋とスプーンを持って戻ってくる。

「おめえ、そりゃあ昨日のうちの晩飯じゃねえか」

「ほら！　これ、食べてみな！」

叶は父親を無視して、マスミに向かい、今度は指ではなく鍋とスプーンを突き付ける。

「……」

マスミは無言でそれらを受け取ると、鍋の中身の茶色いドロドロを、スプーンで一《ひと》匙《さじ》すくって、口に運んだ。

「これって……！」

一口食べて、マスミは目を見開いた。

鍋の中身は、カレーだった。

メインの具は、鯖だ。

つまり鯖カレーだった。

叶の持ってきた鯖カレーは、何度か味見した海月ベーカリーで出している鯖カレーパンの中身より、ずっと美味しかった。

「分かったか！　これがうちの店自慢の新鮮な鯖を使った、本当に美味しい鯖のカレーだ！　どうせアンタらんとこの鯖カレーなんて、普通のカレーに、ただ鯖の缶詰を混ぜただけだろ！」

「うぐっ」

図星を突かれ、スプーンと鍋を持ったままで、マスミは言葉に詰まった。

「運よく魚のパンが当たったから、魚を買いに来たんだけろうけど、お生憎様《あいにくさま》だね！

缶詰や冷凍の魚で満足しているような連中になんて、うちの新鮮な魚を使わせてたまるかってえの！　一昨日《おととい》来やがれってんだ！」

勝ち誇ったように胸を張る叶の横で、小山内は呆《あき》れた表情を浮かべる。

「っつーか、おめえ。どうして一週間連続で晩飯に鯖カレーなんて作ってるのかと思ったけどよ、もしかして嬢ちゃんたちのパン屋に張り合ってたんじゃあるめえな」

「お父ちゃん！　しーっ！　しーっ！」

そんな娘に取り合わず、小山内はマスミたちのほうへ向き直った。

「ま、しかし、だ。こいつの言ってることも一理なくはねえな。おれも命懸けで仕入れてきた新鮮な魚を、無駄に使われたかぁないんでね」

「そ、そんな……」

こちらの味方かと思えた小山内にまでそう言われ、マスミは絶望的な表情を浮かべる。

店主にこう言われた以上、魚渦で魚を買うのはもう……

マスミが諦《あきら》めかけようとした、そのときだった。

「……ちょっと、失礼……します……」

マスミの背後から、ぬらりと伸びた、ナマコのような腕……ジャージを着た蘭子の腕が、ひょいっと鍋とスプーンを奪い取った。

「ら、蘭子さん？」

「……どれどれ……」

そしてそのまま、鍋の中身の鯖カレーを一匙すくって、口に運んでもぐもぐ味わう。

（あれ、これ、間接キス！）

などと中学生のように少しときめいているマスミをよそに、鯖カレーを食べた蘭子は叶のほうへ、長い前髪で隠れたままの視線を向ける。

「……確かに……美味しいです、このカレー……」

「だろ？　分かったら、とっとと帰って……」

「で、でも……私、なら、このお店のお魚を、使って、もっともっと……美味しいパンを作れます、けど……」

「は？　なんで急にパンの話になるわけ？」

蘭子の言葉に、叶の顔が再び険しくなる。

「急じゃあないです……うちの、鯖カレーは……鯖カレーパン用の鯖カレーですから……」

「ちょ、蘭子さん？」

思いがけない蘭子の言葉に、マスミは驚き、慌てて口を挟んだ。

「ダメですって、そんなこと言っちゃ！　ますます魚を売ってもらえなくなっちゃいますよ！」

「……ご、ごめんね、マスミちゃん……でも、私、ほかのことはともかく……うちのパンのことを言われて、黙っているわけには、いかないから……」

相変わらず他人と目を合わせようとせず、途切れ途切れに喋《しゃべ》る蘭子に、一瞬、その場の全員が息を呑《の》んだ。

「……私なら、もっと美味しい、魚のパンを作れます……絶対に、魚を無駄にしたりなんか、しません、から……」

「蘭子さん……」

これだけは譲ってなるものかという、強い意志を感じる蘭子の言葉に、マスミは戸惑いの感情を隠せなかった。

小山内親娘《おやこ》だけでなく、それなりに蘭子のことを知っていると自負していたマスミにとっても、初めて見る彼女の一面だった。

「何言ってんだい！　そんなことできるわけ……」

「いや、おもしれえな」

叶の台詞を遮《さえぎ》ったのは、父親の小山内だった。

「ちょっとお父ちゃん！」

「パン屋の嬢ちゃん。アンタ、うちの魚で、うめえパンを作る自信があるってんだな？」

そう確認する小山内に、蘭子は、おどおどと、顔を伏せ、視線を外して、

「……あり、ます……」

それでも、きっぱりと断言した。

「よし。それじゃあ作ってもらおうじゃねえか。アンタが作った魚のパンの味が納得いくもんなら、おれが責任持って、アンタんとこのために魚を用意させてもらうぜ」

「……分かり、ました……」

「お父ちゃん！」

「えーと、パン屋の休みは水曜日かい？　それじゃあ、期限は来週の水曜日ってことでいいか？」

「……構い、ません……」

「よし、決まりだ！　それじゃあ楽しみにしてるぜ、嬢ちゃん」

「お、お父ちゃ……」

「じゃかあしいってんだよ！　てめえはとっとと仕事に戻れ！」

なおもわめき続ける娘の頭に再びゴッンと拳骨を落とし、小山内は店内に戻っていった。

後に残されたのは、頭を押さえてうずくまる叶と、鍋とスプーンを持ったままの蘭子……そして二人の間でぽかんと間抜けに立ち尽くしていたマスミが、ようやく口を開いた。

「……なんかまるで料理マンガみたいな展開！」

数日後。

マスミは海月ベーカリーのカウンターで、今日も今日とて、それほど多くもないお客さんの相手をしていた。

蘭子はいつもどおり奥の厨房に閉じこもっているが、普段の仕込みに加えて、魚を使った新商品の開発で試行錯誤を繰り返している。

先日の魚屋の騒動の直後、海月ベーカリーに戻った蘭子は、その日のうちから厨房であれこれ試作品を作っていた。

「なんかすみませんでした。私が安易に鯖缶を使おうと提案したせいで、妙なことになっちゃって……」

というマスミの言葉にも、蘭子はからっと笑顔を浮かべ、

「いいのいいの。ほかのことはともかく、パンのことなら私も引くわけにはいかないからね！　久しぶりに燃えてきたよ！」

と服を着ているときには考えられないテンションで、パン生地を捏《こ》ね始めた。

しかしそれでも、やはり新商品開発は難航しているようだった。

というのも『魚を使うこと』のほかにもう一つ、蘭子は自分自身で『今度はカレーパン以外』という条件を付け加えていたのだ。

「もともと夏に向けて、お店に出せる新作を考えなくちゃいけないわけだし、カレーパンばっかり増やしてもしょうがないでしょう。別にカレーパン専門店を目指しているわけじゃないもん」

この言葉もまた、『魚屋との勝負』にばかり気持ちが向いていたマスミにとっては、想定外のものだった。

蘭子が持つ新作パンへの……自分が創り出す全《すべ》てのパンへの意識が、これほど高いとはマスミは思っていなかった。

何か手助けできること、アドバイスできること……こうして接客をする以外で、自分にできることはないだろうか。

働きながらそんなもどかしさを感じるものの、料理に関しては素人同然のマスミは、客が途切れたタイミングでため息を一つつく。

「はぁ……こんなことなら『女の子の気持ち』を勉強しようと思ったときに、魚料理の一つも覚えておくんだったなぁ……」

そんなマスミの思考を遮ったのは、パン屋の扉が開く音……ではなく。

トゥルルルルル。トゥルルルルル。

と鳴り響く、レジカウンターに備え付けられた電話の着信音だった。

「おっと……はい。こちら、海月ベーカリーです」

接客中なら留守番電話に任せるところだが、ちょうどお客さんはいなかった。マスミは電話に出ると、丁寧《ていねい》な口調で対応する。

「あー、もしもし。オレオレ。オレだけど」

何だかホストのような甘い声にそう言われ、一瞬振り込め詐欺を警戒したマスミだったが、次に続いた、

「もしもし、蘭子？　聞いてる？」

という言葉に、別の意味で緊張感を走らせた。

「あの、どちら様でしょうか？」

「あれ？　蘭子じゃないの？」

（なんだコイツ誰だコイツ蘭子ってなんだ馴《な》れ馴れしいぞ）

とマスミの内心は穏やかじゃなかった。が、それをそのまま口に出すわけにもいかない。

「店長は今、厨房のほうで手が離せない状態でして……」

「あ、そ。んじゃ伝えといてくれる？　オレ、セイレーンのもんだって言えば分かるからさ」

「セイレーンって、喫茶店の？」

「そうそう。今日ってこの後で食パンを取りにいくはずだったんだけど、ぎっくり腰になっちまってさ。そっちに行けなくなっちゃったんだよ」

主語のないその言葉を、マスミは頭の中で整理した。

「えーと、今日来る予定だったセイレーンのマスターさんが、ぎっくり腰で動けないってことですか？」

「だからそう言ってんじゃんよ。んで、オレが店を離れるわけにもいかないからさ、悪いんだけど蘭子に、食パン届けてくれって言っといてくんない?」

「いえ、それは」

「んじゃあ、待ってるから。よろしくなー」

ほとんど一方的に喋ると、相手はマスミの返事を待たずに通話を切ってしまった。

(……今のがイケメンだって噂の、セイレーンの店員?)

だとすれば、一体、蘭子とどういう関係なのだろうか。

電話を切った後も悶々《もんもん》とするマスミだったが、それはそれとして頼まれた言伝《ことづて》をするために、奥の厨房へ向かった。なんだかんだで根が真面目《まじめ》なのだ。

「あの、蘭子さん」

「はーい……」

ノックして声をかけると、金属扉が開いて、裸エプロンの蘭子が顔を出した。

蘭子の顔には、いくらか疲れが見てとれた。いつもはきちんと帽子の中に仕舞っている長い髪の毛が何本か零《こぼ》れている。

「だ、大丈夫ですか?」

「ん。今ちょうど一段落したとこ。なんかあった?」

「えーとですね……」

マスミがかいつまんで先ほどの通話の内容を伝えると、蘭子は驚いた顔で口に手を当てた。

「えー、本当に！　ぎっくり腰？　知則《とものり》さん、大丈夫かな？」

（トモノリ……電話してきた男の人の名前？）

マスミの心に立つ波風とは裏腹に、蘭子はあっけらかんと頷《うなず》いた。

「ともかく了解しました。食パンは私が届けてくるから、マスミちゃんは店番よろしくお願いします」

「え、魚のパンの商品開発は大丈夫なんですか？」

「アハハ。全然大丈夫じゃないんだ、これが」

蘭子は力なく笑う。

「じゃあ、配達してる余裕なんてないんじゃあ」

「んー。でも、ちょっと煮詰まっちゃってるし、気分転換を兼ねて行ってくるよ。大した距離じゃないしね」

「そうですか……」

蘭子がそうしたいと言うのなら、これ以上、引き留める理由はない。そう思って、口を閉じるマスミだったが、

「あーでも、もし閉店時間になっても私が戻ってこなかったり、早めにパンが売り切れちゃったりしたら、今日はもう上がっていいからね。鍵持っていくから、お店も閉めちゃっていいよ」

と続いた蘭子の言葉に、再び違和感を覚えた。

「あの、蘭子さん、それって……」

どういう意味なのか、マスミが尋ねる、その前に、

「それじゃあ、行ってくるねー。あー。食パンと『ばんじゅう』は、カウンターのとこに置いてあるんだっけ？」

とヨロヨロと厨房から出てきたマスミは、そのままフラフラとお店のほうへ向かう。

裸エプロンのままで。

「……！　蘭子さん！　服！　服！　服！」

（蘭子さん、確かにかなり、疲れてる）

必死で蘭子を厨房のほうに引き戻しながら、マスミは心の中でそんな一句を読んだ。

服を着た蘭子（この前のナマコ色のジャージだった）が、食パンを入れた『ばんじ

ゅう』を抱えて、「それ、じゃあ……いって、きます……」と出掛けてから、しばらくして。

マスミはふと、レジカウンターのディスプレイの隅に表示されている現在時刻に目を向けた。

（閉店までは……まだ結構、時間がある）

蘭子も言っていたが、海月ベーカリーからセイレーンまで大した距離はない。パンを届けるだけならどんなに長く見積もっても、三十分もあれば行って戻ってこられるだろう。パン屋の閉店には余裕で間に合う。

それなのにわざわざ、『戻ってこなかったら上がってもいい』なんて断りを入れるということは……セイレーンに長居する可能性があるということだろうか？

（ま、考えすぎだと思うけど）

多分蘭子はそこまで深く考えず、一応念のためにああ言っただけだろう。きっと彼女はすぐに戻ってくるはずだ。マスミはそう考えると、

「よし！　蘭子さんが戻ってくるまで、しっかり頑張ろう！」

相変わらずパン屋に訪れる客は多くなかったが、蘭子が留守にしている間はサボっていたと思われたりしないよう、気合を入れ直して店番に挑むのだった。

一時間が経った。

セイレーンに食パンを届けに行った蘭子は、未だに戻ってこない。

(これは絶対におかしい……)

もしや交通事故にでも遭《あ》ったのでは、とも思ったが、パン屋から喫茶店までの道はほとんど車が通らないはずだ。それならまだ、蘭子は疲れの余り途中で寝てしまった、という可能性のほうが高そうだ。

だが、そんなあり得なさそうな可能性よりも、普通にあり得そうなのは……

(蘭子さん、やっぱりセイレーンにまだいるのかな……)

けれどもパンを届けるだけならば、こんなに時間がかかるわけがない。

一体、蘭子は何故《なぜ》まだ帰ってこないのだろうか。

(もしかして、あの電話してきた相手……トモノリとかいうイケメン店員にナンパでもされているんじゃあ……)

そわそわと落ち着かない気分になってきたマスミは、気が付くとカウンターの電話に手を伸ばしていた。登録済のセイレーンの電話番号に電話をかける。

ところが呼び出し音は鳴らず、返ってきたのは「はい。こちら喫茶セイレーンです。御用の方は発信音の後にメッセージを……」という、あらかじめ録音された音声だった。どうやらすぐに留守番電話に繋《つな》がる設定になっているらしい。マスミは最後まで聞かずに、電話を切った。

蘭子が何故戻ってこないのか。セイレーンは今どういう状況なのか。マスミは気になって気になって、仕方がなかった。できることなら、今すぐにでもパン屋を飛び出して、喫茶店へと走って行きたかった。

しかし海月ベーカリーの閉店までには、まだ時間がある。パンもまだ、二十個以上は残っている。客があまり訪れないこの状況では、全てを売り切ってお店を早めに閉めるのも厳しいだろう。

蘭子のことは心配だが、そのために蘭子の指示に背くわけにもいかない。マスミと蘭子の関係は、色々普通とは変わっている点が多いものの、今のところは従業員と雇い主でしかないのだから。

客のいない店内で、マスミが悶々としながら時を過ごしていると、

「どうも！　失礼します！」

出入口のドアが開かれ、犬丸巡査が入ってきた。マスミは慌てて意識を接客モード

に切り替える。

「あ、いらっしゃいませ」

毎日ここで長居していることを上司に怒られでもしたのか、ここ数日、彼はこうして少々遅めの時間にやってきていた。それでも休まずにパン屋を訪れるあたり、彼もなかなかに客としての気合が入っている。

もしかしたら以前、パン屋以外で昼食を取っていると言ってしまったことを、気にしているのかもしれない。

ともあれ今のマスミにとって、このタイミングでお客さんが、しかも商店街のパトロールを日課としている警察官が来てくれたのは僥倖《ぎょうこう》としか言いようがなかった。

「いやー、今日も美味しそ……」

「あの、おまわりさん。ちょっとお聞きしたいんですけど」

「え？　はっ、はいっ！　なんでしょう！」

自分から話題を振るより先に、マスミに話しかけられた犬丸巡査は、背筋をピンと伸ばして、かしこまった。

「今日って、商店街で交通事故とか事件とか、何かあったりしました？」

「いえ！　今日も『どっこい商店街』は平和そのものです！」

「じゃあ、交番からここに来る途中、道端で女の人が眠っていたりは……」

「お、女の人ですか？　いやー、本官は見かけませんでしたね」

念のために訊いてみたものの、やはり蘭子は路上で深刻なトラブルに遭ったわけではないらしい。とりあえずひと安心したマスミは、いよいよ本命の質問をぶつける。

「おまわりさん、セイレーンって、今、どんな感じでした？」

「セイレーン？　喫茶セイレーンですか？」

犬丸巡査は一瞬、不思議そうな表情を浮かべたものの、律儀に答えを返してくれる。

だがその答えは、マスミの予想を悪い意味で裏切るものだった。

「今日はセイレーン、お休みでしたけど」

「や、休み？」

「ええ。あのお店は不定休で、たまに予告なしに休んだりしているんです。今日は休むという札が出ていましたよ」

「……」

つまりどういうことかと言うと。

蘭子は、休みの喫茶店へ、イケメン店員に呼び出されて、配達へ行ったっきり、一時間以上帰ってきていない、ということになる。

「……」

「あの、セイレーンがどうかしたんですか？」

黙り込んでしまったマスミの顔を、犬丸巡査は心配そうに覗き込んだ。

「……おまわりさん。お願いがあります」

顔を上げたマスミは、彼の顔をまっすぐに見つめ、覚悟を決めて口を開いた。

「な、なんでしょう？」

マスミの真剣な表情に、犬丸巡査はごくりと息を呑んだ。

「今、お店に残っているパン……何も言わずに、全部、買ってくれませんか」

「本当にお休みだ……」

蘭子に言われたとおり『早めにパンが売り切れた』ため、マスミは仕事を終わらせてパン屋を閉めると、その足でまっすぐに喫茶セイレーンまでやってきていた。

喫茶店の入口は閉まっており、犬丸巡査が言っていたように『本日休業』の札がぶら下がっている。

店の窓は、今は内側のカーテンに遮られていた。

どうにか中が覗けないものか、入念に調べてみたマスミは、カーテンとカーテンの間に微妙な隙間《すきま》を見つけた。

隙間は僅《わず》かだったため、店内のほとんどは死角になっていたのだが……

（！）

カウンターの一席に、折りたたまれた服が置かれているのを、マスミは見つけた。

あのナマコ色は見間違いようがない。蘭子のジャージである。

（……って、どーして蘭子さんのジャージが喫茶店の中に置いてあるんだよ！）

とんでもなく不穏なものを感じたマスミは、慌てて、喫茶店のドアに取り付いた。

「あの！　すみません！　誰かいませんか！」

コンコン！　コンコン！

声をかけ、ノックをしてみたものの返事はない。

ガチャガチャガチャガチャ。

入口も鍵がかかっているようで、押しても引いても開かない。

（……いや、諦めるにはまだ早い）

喫茶店なら、出入口が正面にある一つだけとは限らない。従業員や業者が使うための裏口があるはずだ。

意を決したマスミは、喫茶店と隣の建物の間にある細い隙間へと、体を滑り込ませた。

結果として、喫茶セイレーンに裏口はなかった。どこかにあるかもしれないが、見つけることはできなかった。

裏口はなかったのだが……マスミは開いた窓を見つけることに成功した。

やや高めの位置の窓のすぐ外には、隣のビルの壁があるため、景観のために付いているのではなさそうだ。

マスミは喫茶店と隣のビルの外壁に手を突っ張ると、よじよじと登って、首を伸ばしてから窓枠に飛び付き、懸垂の要領で開いている窓から中を覗き込んだ。

「あ、なるほど」

中に見えたのは、トイレの便器だった。どうやらトイレの換気のために設けられた窓だったらしい。

「よし……！」

幸いにも、窓に格子のようなものは付いていない。マスミはそのまま、窓からトイレの中へ、体を滑り込ませる。

しかし、元々がインドア派のマスミは、言うほどスムーズに侵入できるわけではない。

腕に力を込め、顔を赤くし、足をじたばたしながら、狭い窓から狭いトイレに、少しずつ体を捩《ね》じ込むように入っていく。

誰かに見られたら通報されてもおかしくない姿だ。途中で中のトイレに人が入ってきたら、痴漢扱いされても文句は言えない。そうでなくても、はっきり言って不法侵入である。

すぐ近くに交番があることを考えると、ギリギリどころか思い切りアウトだった。行為も。見つかった場合のマスミの人生も。

けれど、もしも、万が一。

蘭子がこの閉ざされた喫茶店の中で、今まさにイケメン店員に擬態したオオカミウオの毒牙にかかろうとしているところだとしたら……

それを救うことができるのは、畑マスミ、世界にただ一人なのだ。

（緊急事態かもしれないので、勘弁してください！）

誰かに見つかった場合の言いわけを考えているうちに、マスミは、なんとか完全にトイレの中へと入ることに成功した。

しょっちゅう女性と間違えられるほど小柄でスマートな体格でなければ、窓を通り抜けることさえできなかっただろう。誰にも目撃されなかったようだし、これは神様がマスミに味方してくれているに違いない。

そう自分に言い聞かせたマスミは、トイレのドアを少しだけ開けて、おっかなびっくり、隙間からセイレーンの店内を覗いた。

観葉植物や椅子の背もたれが邪魔して、店の様子はよく分からなかったが、見える範囲に人の姿はなかった。声や物音もしない。

（蘭子さんはどこに……？）

ちょっとずつドアの隙間を広げていき、視界に入る範囲を増やしていく。

半分ほど開けたところで、視界の左端に、見慣れた肌色が飛び込んできた。

（……って、肌色ぉ！）

次の瞬間、マスミは我を忘れてトイレのドアを開け放つと、喫茶店のカウンター席に突っ伏しているその人物……蘭子の元へ駆け寄った。

そのまま彼女を抱き起そうとしたのだが……

「蘭子さん……って、うわー！　うわわわ！」

折りたたまれたジャージを見たときに、予想していたことではあったのだが。

蘭子は裸だった。

というか全裸だった。

裸エプロンですらない、完全なる素っ裸だった。パンツもはいてないっぽい。

突っ伏して眠っているために大事なところは見えていないが、すべすべの綺麗な背中はモロに丸出しだった。

もしも体を起こしたら、お胸の先っぽとか、お股の間とか、見てはいけないところが、思い切り露わになってしまうことだろう。

言っておくが、実はセイレーンはそういう名前の変わった銭湯だった、なんていうオチではない。ごくごく普通の喫茶店であり、本来は裸になるような場所ではない。

蘭子が裸でいるということは、何かがあったということだ。

マスミはそこでようやく、カウンター席の上に何本かの酒瓶が転がっているのに気が付いた。空のグラスも重ねられているし、おつまみと思しき食べかけの乾き物や揚げ物、お刺身の皿なんかも置いてある。

もしやと思ったマスミが、蘭子の顔の辺りに鼻を近付けてみると、かなり酒臭い。

（つまり、これは、蘭子さんを酔わせて前後不覚にした誰かがいるっていうことだ！）

そして酔った蘭子の服をひん剝《む》いたのだろう。

なんという卑劣なことを！

マスミは激怒した。

法律のことはマスミにはよく分からないが、これは立派な犯罪だ。

怒りに打ち震えていると、店の奥から物音がした。

振り向くと、倉庫だか休憩室だかに繋がっていると思える『関係者以外立入禁止』と書かれた扉が開かれるところだった。

僅かに開いたドアの向こう側から、整った顔立ちをした人物がひょっこりと顔を出す。

「……あれ？　君、誰？」

マスミと目が合い、不思議そうに言った声は紛れもなく、海月ベーカリーに電話をかけてきた人物と同じものだった。

まるでロック歌手のようにセットされた髪の先が、カサゴの棘《とげ》のように尖っている。くっきりした目鼻立ちで、噂どおりのイケメンだった。十人中十人がカッコイイと評するだろう。

しかしどんなに顔が良かろうと、やっていいことと悪いことがある。

マスミは蘭子を守る騎士のように立ちはだかると、相手を真っ向から睨み付けた。

「アンタ！　蘭子さんに、何を、するつも……」

鋭く言い放たれたその台詞を、最後まで待たずに。

ドアが開き切り、相手の姿が完全に明らかになる。

長身で、すらっとした体型ではあったが、肩幅はしっかりしていた。殴り合ったらマスミは余裕で負けそうだ。

そして全裸の蘭子ほどではないが、半裸と言っていいほどに服を着ていなかった。

下にはジーパンを穿《は》いているものの、上着は身に着けておらず、鎖骨やヘソが丸見えだった。

とはいえ、上にまったく何も着ていないわけではなかった。

下着は着けていた。

より正確に言うならば、ブラジャーを着けていた。

「……はえ？」

マスミは思わず、マジマジと相手の胸部を観察する。

最近は男性用もあるらしいと聞いたことがあるが、そのブラジャーに包まれている乳房は、どう見ても女性のものらしきボリュームだった。蘭子ほどの巨乳はないものの、形のいいおっぱいだった。

「……」

言葉を失うマスミに対して、その女性は、ぽりぽりと右手で後頭部を掻《か》きながら、左腕に抱えた毛布を示してみせた。

「あー。とりあえずそこ、どいてくんない？　さすがに蘭子、風邪引いちゃうから。話はその後で」


「は、裸飲み会ぃ？」

「そうだよ」

座ったまま熟睡している蘭子に毛布をかけ、マスミとテーブル席のほうで向かい合ったその女性は、新しく注いだ酒のグラスを傾けながら語り出した。

「飲み始めは普通に服を着てるから、裸になるのは結果的に、って感じだけどさ」

横目でちらりと蘭子のほうを見ながら、言葉を続ける。

「別に服着たまま飲んでてもいいんだけどさー。蘭子の奴《やつ》、服着てると全然酔っぱらわなくってつまんねーんだよ。それなのに脱げば脱ぐほど、すげえ酔っぱらうの。どうなってんだろうねアイツ。テンションが上がるのと一緒に、代謝がよくなるのかな?」

そう言って、ケラケラと笑うブラジャーの女性。

「で、アイツ今、新商品の開発でスランプ中なんだろう?」

「ど、どうしてそれを?」

「うちの客から、ちょっと話を聞いてな」

驚くマスミに、女性はいたずらっぽく笑ってみせた。

「そういうときに閉じこもっちまうの、アイツの悪い癖なんだよねー。適当にストレス発散したほうがいいアイディアが浮かぶって、昔から言ってるんだけどさ。だもんで、パン届けさせたついでに、久しぶりに女同士で飲んでたワケ」

「じゃあアナタは……」

「あ、オレ?　ああ、まだ言ってなかったな。オレは蘭子の友達。高校時代からの付き合いで、親友ってやつ?　湊愛《みなとまな》っていうんだ。シクヨロ」

あっけらかんと名乗る女性……愛に対して、マスミはテーブルに額を押し付けるように頭を下げた。

「本当すみません!　私、てっきり蘭子さんが襲われているもんだとばかり……」

「んー。アンタ、オレのこと男って思ってたんだろ？」

「……はい。ごめんなさい」

「まぁ、しょうがないんじゃね？　オレはこんなんだから昔っからよく男に間違われるし、わざわざ訂正もしねえしな。飲んでる最中に電話がかかってきたらうざいんで、留守電にしといたこっちも悪かったたし。だから不法侵入の件は目を瞑《つむ》ってやるけどさ……」

そう言って実際に片目を瞑ってみせた愛は、開いたほうの目でマスミを見つめた。

「アンタのほうこそ、男？　女？」

「う……お、男です……」

「きゃー。ちかーんよー。おまわりさーん」

「わー！　ごめんなさいごめんなさい！　そんなつもりはなかったんです！」

先月に引き続き、思わずその場で土下座しそうになるマスミの様子を見て、愛はケタケタとおかしそうに笑った。

「冗談だっつーの。アンタ、オレの電話に出た海月ベーカリーの奴だろ？　春から働き始めたっていう」

「そ、そうです」

「女装男子の」

「違います！」

食い気味で否定するマスミに、愛は楽しそうに笑いながら、

「ちゃんと説明しなかったオレも悪いし、ブラジャーぐらいはサービスしといてやるよ。それ以上手を出すつもりってんなら、すぐそこの交番に駆け込むけどな？」

「出しません！」

「蘭子のほうは、まあ……アイツの裸ぐらい、見慣れてるだろ？」

愛の言葉に、マスミはおずおずと訊き返す。

「あの、愛さんはご存じなんですか？　蘭子さんが、その……」

「裸でパン作ってることだろ？　そりゃ知ってるって。親友だって言ったじゃん。だからアンタのことも、蘭子からよーく聞いてるぜ、マスミちゃん」

「わ、私のこと、何か言ってました？」

「そいつぁいくら酒が入ってるとはいえ、オレの口からは言えないねぇ。そのうち本人に聞くこった」

愛はニヤニヤとチェシャ猫のように意地悪く笑った。

「にしても、トイレの窓を乗り越えて入ってくるだなんて、なかなかガッツがあるじ

やないの、マスミちゃん」

「あ、一応、最初に来たとき、ノックしたんですけど」

「そうなん？　わりぃわりぃ。二階で毛布探してたんで、聞こえなかったみたい。ついでに、ぎっくり腰で寝たきりの知則さんの様子も見てたし」

（知則って、マスターの名前だったんだ……）

そしてどうやら、『関係者以外立入禁止』の扉の向こうは、二階への階段になっているらしい。上は住居になっているのだろう。

「じゃあ、マスターがぎっくり腰になったっていうのは本当だったんですね？」

「ああ、うん。それは本当。だから今日は、お店もお休み。ちょっと無茶な体位でセックスしてたら、オレがイクより先に、あっちの腰がイッちまったみたいでさー。参った参った」

「ぶっ！」

突然のカミングアウトに、思い切り噴き出すマスミ。その反応に、愛は眉《まゆ》をひそめる。

「ん？　ああ、そっか。オレのこと男だと思ってたんなら、これも知らないか。あの人……知則さんはな、オレの旦那《だんな》なんだよ」

「だ、旦那……？」

「夫。お婿さん。ハズバンド」

「夫婦ってことですか！」

蘭子と同級生ということは、愛も二十代のはずだ。マスター……知則は、どう見ても五十代、下手をすれば六十代である。

「親子ぐらい歳が離れてるのに……って思った？」

「あ、いえ！　そんなことは！」

またまた図星を突かれ、マスミが動揺する。

「いいの、いいの。皆そう思うんだから。けどな」

それまでのニヤニヤ笑いを引っ込めた愛は、とても優しい表情で、ぐっすり寝ている蘭子のほうを見つめた。

「アイツは……蘭子だけは、オレらの結婚、マジで喜んでくれたんだよね。そもそもアイツがいなかったら、オレと旦那は出会ってすらいなかったからな」

そう言うと、愛はグラスを置いて、頬杖をついた。

「ま、そんなわけで、アイツがスランプ中だってんなら、気分転換の一つもさせてやろうと思って、配達を口実に呼び出して、酒を飲ませてたってワケ。でもそれで、マスミちゃんには心配かけちまったみたいだな。ごめんな」

ぺこん、という感じに頭を下げる愛に、マスミはわたわたと手を振った。

「い、いえ！　私のほうこそ、早とちりしてしまって、すみません！」

そんな風に愛とマスミがお互いに謝り合っていると……

「むにゃ？」

話題の中心人物である蘭子が、ようやく目を覚ましたのか、身じろぎした。

「お、起きたか」

「うー。わたし、ねてた？」

「ああ、ぐっすりな。あ、毛布はそのまま巻きつけとけよ。男子には目の毒だから」

「だんし？　あれ？　マスミちゃん？」

服を着ているときの途切れ途切れな話し方とも、裸エプロンのときの快活な話し方とも違う、舌足らずな声で話す蘭子。愛の言ったとおり、相当に酔っぱらっているようだ。

「蘭子の帰りが遅いから、心配して来てくれたんだと」

そう言うと、愛はマスミにウィンクした。不法侵入した件や蘭子の全裸を見てしまった件は（座った後ろ姿だけとはいえ）、内緒にしておいてくれるらしい。

「そうなんだー。おみせはだいじょうぶ？」

「あ、はい。ちゃんと閉めてから来ましたんで、大丈夫です」

マスミは蘭子に答えながら、愛に向かって手を合わせた。

「ところで、二人とも。小腹すいてねえか？　せっかくだからサンドイッチでも食ってけよ」

「サンドイッチですか？」

「おう。食パンも届けてもらったことだしな」

「たべるー」

「んじゃ、ちょっと待ってな」

カウンター席に残っていたお刺身の皿を取った愛は、調理場のほうへ足を向けた。

「……って、そのお刺身をサンドイッチにするんですか！」

「んー。まあ、お楽しみで待ってなって」

驚くマスミに、調理場に立った愛はいたずらっぽく笑う。

そして程なく……

「ほら。『鰹《かつお》のタタキのサンドイッチ』だ」

「鰹のタタキ！」

出された皿の上に並ぶサンドイッチに挟まれているのは、確かに鰹のタタキだった。

「パンに合うんですか？　鰹のタタキって……」

「ま、騙《だま》されたと思って食ってみなって」

「じゃあ……いただきます」

「いただきまーす」

マスミは恐る恐る、蘭子は無造作に、鰹サンドを口に運ぶと、ぱくりと齧《かじ》りついた。

「！」

一口食べて、マスミは目を見開いた。

「美味しい！」

鰹のこってりした脂が、ふかふかの食パンにじわりと染み込んで、驚くほどパンに合っていた。それでいて、元々タタキにかかっていたポン酢がノンオイルドレッシングのように、どこかさっぱりしたサンドイッチになっている。

「だろ？　ツナやアンチョビがパンに合うんだから、脂ののった鰹だってパンに合わねえ道理はないんだよ」

「なるほど。いや、これ、本当に美味しいですよ。ねえ、蘭子さん？」

マスミが同意を求めて、振り向くと……

「……」

一口食べたサンドイッチを手に持って、それをじっと見つめる蘭子の姿があった。

「あの、蘭子さん？　どうかしました？」

「蘭子？」

マスミと愛の言葉も耳に届いてない様子だった蘭子は、突然、

「これだぁっ！」

と叫び、サンドイッチを摑《つか》んだままその場に立ち上がった。

体に巻きつけていた毛布がはらりと落ちた。

「！」

慌てて目を背けたマスミに、何がどこまで見えたのかは……彼の名誉のため、ここでは記さない。


「サンドイッチ～？」

再びやって来た運命の水曜日。鮮魚店・魚渦の店先で。

蘭子が紙袋から取り出したサンドイッチを見て、小山内叶はさっそくいちゃもんを

付けてきた。

「あのね、ツナサンドとか海老とアボカドのサンドイッチなんて、昔からあるもん出されても、それでアンタが美味しい魚のパンを作れるっていう証明にはならないんだけど。それとも、もしかして鯖のサンドイッチ？　あれだってトルコの伝統的な……」

「ごちゃごちゃやかましい」

ぐちぐちと小姑《こじゅうと》のようなことを言い続ける叶の頭に、父親の小山内満の拳骨が落ちる。

「あだっ！」

「食べる前からうじうじ言ってんじゃねえよ。すまねえな、嬢ちゃん。口の悪い娘で」

「い、いえ……気にしてませんし……それにツナとか海老とか、鯖のサンドイッチじゃありませんから……」

今日はジャージではなく、一応ワンピース（色は黒系だが）を着てきた蘭子は、そう言って小山内にサンドイッチを差し出した。

「どうぞ……召し上がってみて、ください……」

「おう。いただくぜ」

小山内は大きく口を開けると、豪快にそのサンドイッチにかぶりついた。

ザクバリ。

齧《かじ》りついたときに大きな音が響いた。思っていたよりもしっかりとした歯応えと食感に、小山内は目を見開いた。そしてそのまま、モグモグと咀嚼《そしゃく》を続ける。

蘭子も、頭を押さえて立ち上がった叶も、付添いとして蘭子に付いてきたマスミも、固唾《かたず》を呑んで見守る。

やがて、ごっくんと口の中のものを飲み込んで、小山内は口を開く。

「なるほどな。鰹を揚げたのか」

「はい……『鰹のカツサンド』です……」

「はぁ？　ただのダジャレじゃん！　そんなの美味しいわけ……」

「いいから。お前も食ってみろって」

娘の口に、小山内は食べかけのサンドイッチを押し込んだ。

「むぐっ……ぐ……」

叶は口の中のサンドイッチをモグモグ噛《か》み、ごっくん飲み込んだ後、

「……おいしい」

とポツリと呟いた。

「やった！　やりましたね、蘭子さん！」

その言葉にマスミは思わずガッツポーズを取って飛び跳ねた。蘭子も嬉しそうに微笑む。

「鰹は脂がのってるから、揚げたらしつこくなりゃしねえかと思ったが、これぐらいこってりさせたほうがパンに合うな。パンに塗ってあるのも、ただのマヨネーズじゃねえな？」

「えと……色々試したんですけど……芥子マヨネーズに、ニンニクを混ぜてみました」

「ふむ。それぐらいパンチの利いた味付けじゃねえと、この鰹のカツの味に負けちまうだろうな。これ、もしかして、セイレーンの鰹のタタキサンドから思い付いたのか？」

小山内の言葉に驚いたのは、マスミだった。

「！　ご存じだったんですか！」

「おう。たまに飯ぃ食いにいくからな。で、どうなんだい？」

「……はい、閃《ひらめ》いたきっかけは、あそこでタタキのサンドイッチを食べたからです……」

蘭子の言葉に、小山内はハゲ頭にぴしゃりと手を置いた。

「やっぱりな。で、タタキじゃあなく、カツにしたのはどんな理由だい？」

「……これから暑くなってくるのに、お刺身やタタキだと、持ち帰っても傷んでしまいやすいので……完全に火を通すことにしたんですけど……満足感を演出するために、あえて、焼くんじゃあなくって、揚げてみました……」

「ふむ。鰹を揚げるっていう発想は、おれにはなかったが、こりゃあなかなか乙《おつ》なもんだぜ」

「ちなみに、ですけど……鰹カツのパン粉は、うちの食パンから作ったものです……」

「なるほどな。どうりで、衣までうめえと思ったぜ」

小山内は、蘭子とマスミに向かって、にっこりと顔を綻《ほころ》ばせた。

「よく頑張ったじゃねえか。これならなんの文句もねえ。これからはうちが責任を持って、新鮮な鰹を……」

「ちょっと待ったー！」

サンドイッチを完食した叶が、小山内と蘭子たちの間に割って入った。

「いくらお父ちゃんが認めても、あたしはまだ認めたわけじゃあないわよ！」

「おめえだって、美味しいって言ってたじゃねえか。全部食ってるし」

「う……そりゃ、おいしかったわよ！　おいしかったけど、認めないの！」

「なんだそりゃあ」

叶の無茶苦茶な言い分に、小山内も呆れた表情を浮かべる。

マスミも困った顔で、蘭子の顔を伺った。

「どうしましょう……って蘭子さん？」

長い前髪の下で、蘭子は何故《なぜ》か、嬉しそうに微笑んでいた。

「なんで笑ってるんですか？」

「だ、だって……みんな、美味しいって言ってくれたから……頑張って作った甲斐があったな、って思って……」

蘭子の言葉に、叶の顔が赤くなる。

「い、いくら美味しくても、あたしはまだ、認めてないんだからね！　このサンドイッチだって、本当にアンタが考えたもんなのかどうか、分かりゃしないじゃない！」

「なっ！」

この言葉には、蘭子本人よりもマスミがカチンと来た。思わず一歩前に出て、叶を睨み付ける。

「な、何よ！」

「今の言葉、訂正してください！　蘭子さんがどれだけ頑張ったと」

マスミが全てを言い終わる前に……

「あの、何かありましたか？　言い争いみたいなものが聞こえたんですけど」

突然かけられた声に一同が振り向くと、そこには一人の制服警察官……犬丸巡査が立っていた。

「あ、おまわりさん……」

「おや、パン屋さんじゃあないですか」

犬丸巡査は、マスミの姿を認めると、だらしない笑顔を浮かべた。

「どうしたんですか、こんなところで。今日って、お店はお休みですよね？」

「いえ、実は……」

「いえいえ！　ぜぇ〜んぜんなんでもないですよぉ〜、おまわりさぁん」

マスミの言葉を遮ったのは、叶の声……先ほどまでの噛み付くような口調とは全く違う、どこからか引っ張り出した猫を、二匹も三匹も被《かぶ》せたような甘えた声だった。

「そうですか？　何か言い争っていたような……」

「そんなことしてませんよぅ～。どこかでだれかがケンカでもしてたんじゃないですかぁ～？　かなえ、こわぁ～い」

今の今までケンカ腰のべらんめえ口調で啖呵《たんか》を切っていた叶と、同一人物とは思えないぶりっ子振りに、マスミと蘭子の目が点になる。

「悪いな。嬢ちゃんたち」

いつの間にか、そっと近寄ってきた小山内が、二人にだけ聞こえるような小さな声で言った。

「叶の奴、あの兄ちゃんにゾッコンなんだよ。ところがあの兄ちゃん、会うたびにパン屋の話ばっかするもんで、あいつもストレスが溜まってるみたいでよ」

「じゃあ……もしかして……」

「今まで私たちに散々噛み付いてきたのって……」

「ま、ただの焼き餅だわな」

小山内の言葉に、それまでの疲れがどっと押し寄せ、がっくりと脱力するマスミ。

「実はぁ～今度パン屋さんで、うちのお魚を使ったサンドイッチを出すことになってぇ～、それでちょっとお話ししてただけなんですぅ～。ねぇ～？」

マスミたちを振り向いた叶の眼光は、『余計なこと言ったらコロス！』と言っていた。

「へぇ！　それはいいですね！　あそこのパンは絶品ですから、発売したら絶対に買わせていただきますよ！」

「嬉しいぃ～！　よろしくお願いしまぁ～す」

釈然としないものを感じずにはいられないマスミだったが……

「……うふふっ」

隣の蘭子が相変わらず嬉しそうに笑っているのを見て、まあいいか、と苦笑した。

第三話　祭りだ、わっしょい、パン屋さん

今日《きょう》は待《ま》ちに待《ま》ったお祭《まつ》りです。

「すごい賑《にぎ》わいでしたわ！よそから来《こ》られる方《かた》もたくさんいるようですし、わたくしワクワクしてきました！」

この日《ひ》を楽《たの》しみにしていた『花《ハナ》』は、目《め》を輝《かがや》かせて言《い》いました。

「ふーん。ナノには何《なに》がそんなに楽《たの》しいのか、よく分《わ》かんないの」

『ナノ』がそっけなく言《い》うと、『花《ハナ》』は頬《ほお》を膨《ふく》らませて言《い》い返《かえ》します。

「何《なに》をおっしゃってるんですか。特別《とくべつ》な日《ひ》にこそ、人《ひと》は浮《う》かれて財布《さいふ》のヒモを緩《ゆる》めるものです。まして観光客《かんこうきゃく》ならなおのこと。つまり今夜《こんや》は、またとない稼《かせ》ぎ時《どき》ということですわ。さあ、じゃんじゃん作《つく》ってくださいな。なるべく見栄《みば》えがよくて、原価《げんか》のかからない、利益率《りえきりつ》の高《たか》いパンを！」

「人間《にんげん》……お前《まえ》、そんなキャラだったの……？」

『ナノ』は軽《かる》く引《ひ》きました。

『それゆけナノハナベーカリー　第六話より』


梅雨《つゆ》も明けて初夏と言っていい頃、午前のうちから太陽が頑張り始めた、ある日。

「蘭子《らんこ》さんと愛《まな》さんは、高校ではクラスメイトだったんですか」

喫茶セイレーンの涼しい店内で、マスミは冷たいアイスコーヒーを飲みながら、調理場に立つ愛と話していた。

「ああ。つっても最初はろくに話したことなかったけどな。ほら、オレと、普段のアイツって全然タイプが違うじゃんよ」

「まあ、そうですね」

マスミは、普段の……服を着た蘭子を思い浮かべ、同意せざるを得なかった。

愛は手を動かして何かを作りながら、話を続ける。

「きっかけは体育の選択授業だったなー」

「選択授業？」

「ああ。創作ダンスか、柔道を選ばなきゃいけなかったんだけどよ、うちのクラスの女子で柔道を選んだのが、オレと蘭子だけだったんだよ」

「へえー」

確かに、蘭子と愛が創作ダンスをしているところは全くイメージできなかった。

「ほかにも男子がいたけどな。でも、女子が二人なら、お前ら女子同士で組んどけってなるだろ？　高校生に男女で柔道なんてやらせたら、ハプニングを装って、男子が百パーおっぱい触ってくるもんな」

「……いえ、百パーではないと思います、よ？」

かつて男子高校生だった者として、マスミは軽く反論しておいた。本当は百パーだと思ったけど、一応、反論しておいた。

「で、オレと蘭子は選択体育のたびに柔道をやる関係になったわけなんだけどよぉ……全然勝てなかったんだな、これがまた」

「蘭子さん、そんなに弱かったんですか？」

マスミの言葉に、カウンターの向こうから覗《のぞ》いていた愛の頭がぷるぷる振られた。

「違う違う。勝てなかったのは、オレ。蘭子は勝ちまくってたほう」

「え」

「言っとくが、オレが弱かったわけじゃねえぞ。疑うんなら、夏祭りでやる相撲《すもう》大会で試してみるか？」

よく男性に間違えられる体格のいい愛と、よく女子に間違えられる華奢《きゃしゃ》なマスミ。ぶつかり合ったときの結果は、実際にやるまでもないだろう。

「いえ、遠慮させていただきます」

吹っ飛ばされて、腕でも折られたらたまらないと、マスミは首を引っ込めた。

「ともかくオレは弱くなかった。ただ、蘭子の奴《やつ》が強すぎたんだよ」

「それって、蘭子さん、ちゃんと道着を着てやってたんですよね？」

「ああ。まあ、よくはだけまくってたけどなー。全裸が百パーだとしたら、三十パーくらい解放って感じ」

「……柔道って、男女混合なんでしたっけ？」

「ん？　そうだけど……ああ、オレらが隅っこで乱取りしている間は、男子はゴリラのような教師に鬼のようにしごかれてたから、こっちをガン見する余裕はなかったと思うぜ。吐いてた奴とかいたし。安心したか？」

「……安心しました」

吐くほどしごかれた男子に同情しつつも、マスミは胸を撫《な》で下ろし、アイスコーヒーをすすった。

「ともかく蘭子は強かったんだよ。どう見てもインドア派だと思うだろ、アイツ？　でも実際組み合ってみたら、がっちり鍛えてあるんだもん」

「鍛えて、ですか？」

「っても、筋肉の割りに、脂肪も落ちてねえから見ても触っても分かりづらいんだけどよ。柔道やら相撲やらでやり合うか、でなきゃそれこそ腕相撲かなんかで力比べするまで、鍛えてるイメージとか湧かねえわな」

「確かに蘭子さんって、腕力ありますよね。二十五キロの小麦粉の袋、一人で持ち上げたりしてますからね」

「だろ？　特に寝技に持ち込まれたら、全然逃げられないんだよ」

「寝技ですか？」

　蘭子が柔道の腕前がちょっとしたものなのは、前に巴投《ともえな》げられたマスミもよく分かってはいたが、寝技をかけられた経験はなかった。

「蘭子さん、握力も強いですからね」

「んー。というか、握力がどうこうとか言うより、あれだな。逃げたくなくなるんだよな、アイツの寝技は。めちゃくちゃいい体してるから。肌ぷるんぷるんなんだよ。弾力っつーか、肌の張りっつーかさ。全身が赤ちゃんのほっぺたみたいだからさ。寝技に持ち込まれると、肌が密着した部分がすげぇ気持ちいいんだよなぁ」

「……そういう意味で逃げられないんですか？」

「いや、純粋に力も強くて、逃がしてくれなかったっていうのもあるけどさ。マスミちゃんも今度、あいつに寝技かけてもらうといいぜ？　なんならベッドの上でとかな」

「……今のところ、そういう予定はありませんから」

愛のセクハラ発言に、マスミはアイスコーヒーの水面に視線を落として答えた。

「かーっ、シャイだねぇ。ほれ、できたぜ」

軽口と共に料理の手を止めた愛は、調理場から身を乗り出して、カウンター席に座るマスミの前に皿を出した。

「ったく、面倒くせえ注文しやがって」

「あ、ありがとうございます」

『面倒くさい』と愛に言われたメニューは、一見、ごく普通のタマゴサンドなのだが……よく観察すると、二種類の食パンが使われていた。海月《くらげ》ベーカリーで焼いている角食《かくしょく》と山食《やましょく》だ。

「すみません。せっかくだから、食べ比べてみたくって」

「いいから、早く食っちまえよ。パン屋の開店に間に合わなくなるぞ」

「はい。いただきます」

マスミはまず、角食を使ったタマゴサンドに手を伸ばした。大きく口を開けて、がぶりと齧《かじ》りつく。しっかりとした嚙《か》み応えが返ってくる。

小麦の味がぎゅっと凝縮されているパンに、タマゴのしっかりとした黄身、ぷりぷりとした白身が、口の中でハーモニーを奏でる。マスミはよく味わって、ごくんと飲み込んだ。

「じゃあ、次はこっちを……」

今食べた味を忘れないうちに、マスミは山食のほうのタマゴサンドを手に取り、ぱくついた。

「！」

柔らかい。

角食が型に蓋《ふた》をして焼いているのに対して、山食は蓋をせずに焼いているため、上部が膨らんだ分、パンが柔らかくなるのは分かっていたが……

「もぐ。愛さん。これ、食パンによって、タマゴの茹《ゆ》で加減を変えてるんですか？」

「お、気付いたか」

マスミの指摘に、愛はニヤリと笑った。

パンが違うだけで具は同じだと思っていたのが、口にしてみると食感が違った。しっかりとした角食サンドのほうは固めに茹でたタマゴを、柔らかい山食サンドのほうはほとんど半熟の柔らかい茹でタマゴを使っているようだ。

「茹で方だけじゃなく、タマゴの潰《つぶ》し方やマヨネーズの種類も変えたりしてるんだぜ。うめえだろ？」

「凄《すご》く、美味《おい》しいです」

角食タマゴサンドのほうはがっつりとした食べ応えがあるのに対して、山食タマゴサンドのほうはパンも具もふわふわした食感でいくらでも食べられそうなサンドイッチに仕上がっている。素材の組み合わせはほとんど一緒なのに、完成品はまるで別物だ。

きっと蘭子が焼いたパンに合うよう、ちゃんと考えて二種類のタマゴサラダを作ったのだろう。

（でも、そうだとすると……）

二種類のタマゴサンドを交互に食べながら、マスミの中で疑問が膨らみ始める。

「あの、セイレーンって前から、ここで喫茶店やってましたよね？」

「ん？　オレらが結婚したときに始めたから、二年前くらいから、かな」

「蘭子さんが海月ベーカリーを始めたときには、もう商店街にいたんですよね？」

「そうなるな。アイツが独立したのって、今年の初めくらいだから」

「あの、なんで愛さん、蘭子さんにもっと色々、お店のやり方をアドバイスしてあげなかったんですか？」

愛が親友を大好きだということは、このタマゴサンドを食べれば分かる。

だとすれば、パン作りはともかく、接客まで含めた商売をあの蘭子が一人でできるかどうか、分かりそうなものだが……

実際マスミが働き始めるまで、海月ベーカリーは閑古鳥《かんこどり》が鳴いていた。

そこがマスミには解せなかった。

「……そりゃあ、蘭子が一人でパン屋をやってみたい、って言ったからさ」

愛は肩をすくめてみせた。

「オレだって最初に言ったんだぜ？　困ったことがあったら手伝うし、いつでも力になるぞってな。でもアイツが言うんだよ。『海月屋《くらげや》』は自分のわがままで始めたパン屋だから、なるべく自分の力で頑張りたいってな」

海月ベーカリーの以前の店名を口にし、愛は言葉を続ける。

「一人じゃあ無理だろうって言ってもよ、仮に誰かを雇う必要ができたとしても、一緒に働く人は自分で決めたい、って言いやがるんだよ。自分の目で見て、採用したいってな。一度言い出したら、聞かないんだよ、アイツ。意外と頑固者なんだ。特にパンのことに関してはな」

「それは……私もよく知ってますけど」

先日の魚渦《うおうず》での出来事を思い出し、マスミはしみじみと頷《うなず》いた。

「けどまぁ、あの客の来なさっぷりはオレもドン引きだったけどな。たまたま同じ時期に近くに新しいコンビニができたって、どんだけタイミングが悪いんだ、って話だよな。つっても、さすがにあのまま潰れちまうのは見てらんねえし、半年ぐらい状況が変わらなかったら、手も口も出すつもりではいたんだが……」

愛はぐいっと調理場から、カウンターにぐいっと身を乗り出すと、マスミの目を覗き込んで、ニヤリと笑った。

「オレが助け舟を出すまでもなく、マスミちゃんのおかげで持ち直したってわけだ」

「いえ、そんな私は大したことは……」

「いやマジでマジで。マスミちゃんには感謝してるんだぜ」

カウンターに頬杖をついた愛は、ニカッと笑って言う。

「だから、今更だけどよ。蘭子のこと、よろしく頼んだぜ、マスミちゃん」

ウィンクをする愛を見て、（ああ、確かにこの人はイケメンだ……）と噂《うわさ》に間違いがなかったことをマスミは実感した。

「ところでよー。そろそろ行かねえと、マジでパン屋の開店に間に合わないんじゃね？」

「え？　もうそんな時間ですか？」

マスミは慌《あわ》てて残りのタマゴサンドを口に詰め込むと、もぐもぐごくんと飲み込んで、

「ご、ごちそうさまでした！　サンドイッチ、美味しかったです！」

と席から立ち上がると、わたわたと焦りながら財布を取り出した。

「えと、お代は……」

「あー。いいよ、今日は。オレがごちそうしちゃるから、早く行け。蘭子が待ってんぞ」

「……！　すみません！　ありがとうございます！」

（ああ、もう！　本当にイケメンだな、この人！）

自分の未熟っぷりをひしひしと思い知りながら、慌てて出入口に向かうマスミの背

中に、愛が声をかける。

「あ、それとな。夏祭りの件だけど、うちの露店で出すパンが決まったら連絡くれって、蘭子に言っといてくれな」

「はい！　了解です！」


マスミと愛の会話に出てきた夏祭りとは、今週末に開催される『どっこい夏祭り』のことだ。祭りと言っても、『どっこい商店街』の振興組合が中心となり執り行っているもので、イベント的な要素が強い。

三日間に渡って開催され、商店街から少し離れた海水浴場が主な会場として使用される。露店ありステージあり、相撲大会ありボディビル大会ありと、人が集まりそうな催しが目白押し。最終日の夜には、花火大会も行われる。松棚《まつたな》市内でも有数の規模を誇る一大イベントだ。

地元の人間だけでなく、観光客も多く集まるため、商店街にとっても夏一番の稼ぎ時だ。

新参者の海月ベーカリーには今年の出店予定はないのだが、代わりに、セイレーンの露店で売るパンを担当することになった。

「ちゃんと海月ベーカリーのパンだって宣伝しとくからさ。一つ、客がわっと押し寄せてくるようなパンを頼むぜ」

というのは、しばらく前に愛が蘭子に仕事を依頼したときの言葉だ。それから蘭子は、またも厨房《ちゅうぼう》で商品開発の試行錯誤を続けていた。

(今回はそろそろ目途《めど》が立ちそうと言っていたけど……)

そんなことを考えているうちに、マスミは海月ベーカリーの前までたどり着いた。今から準備すれば、いつもどおり開店に間に合うだろう。

取り出した合鍵を差し込み、水色のドアを開ける。すると今日は、焼きたてのパンの匂いと一緒に、

「えー！　本当ですかー！」

という話し声が、店内から漏れ出てきた。

(……って、ん？　話し声？)

まだ開店前で店には蘭子だけのはずだし、そもそも出入口は鍵がかかったままだった。

「……」

マスミがなんとなく口を閉ざしたままで、海月ベーカリーの中に入っていくと、カウンターには珍しく蘭子の姿があった。

蘭子は受話器を耳に当てており、近くに置かれた鉄板には、まだ『クラゲッサン』が並んでいる。どうもパンを並べている途中に電話があり、それに応対しているようだった。

ちなみに蘭子の格好《かっこう》は、恐らく厨房から出てきたときのまま……裸エプロン姿である。マスミは誰かに見られないうちに、慌ててドアを閉めた。

「はい。はい、はい！　えっ、そうなんですか？」

蘭子は入ってきたマスミをちらりと見て、少し申しわけなさそうな顔をしたものの、通話を続けていた。手刀のようなジェスチャーで謝る素振りをした後で、まだ棚に並べられていないクラゲッサンを指し示す。

「……」

マスミは無言で頷くと、蘭子の代わりに冷め始めている鉄板を手に取って、クラゲッサンを並べ始めた。

そうしてパンを並べながら、横目で蘭子の様子を観察する。

「やだもうっ！　もっと早く教えてくださいよー！」

未《いま》だかつてマスミが見たことのないノリで、蘭子は電話を続けている。

普段の服を着ているときの途切れ口調と違うのはもちろん、厨房で裸エプロンになっているときも、あそこまでテンションが高くない。マスミはもちろん、愛と話すときですら、あそこまではしゃいだ声を出していたことはない。

キラキラ顔を輝かせて、頰を紅潮させて、クラゲというよりも、まるでカラフルなイソギンチャクのような笑顔を浮かべている。

今の蘭子は何と言うか、まるで、年相応の女の子のようだった。

もっと言うと、まるで恋する乙女のようだった。

「……」

もやもやとした気持ちのまま、それでもマスミはテキパキ開店準備を続けていく。

この数か月で染みついた習慣は、余計なことに気持ちが捉われたままでも、マスミの体を動かしていた。

やがて開店前にやるべき仕事がなくなりかけた頃……

「はい、はい……分かりました。それじゃあ、楽しみにしてますね、先生」

蘭子はそう言って、受話器を置いた。ほんの少し、名残惜《なごり》しそうに電話を見つめていたが、すぐに顔を上げて、マスミのほうを向く。

「ごめんねー、マスミちゃん。一人でやらせちゃって」

「……いいえ、別に、それは大丈夫でしたけど」

「？　どうかした？」

歯切れの悪い返事をするマスミに、蘭子は首を傾《かし》げて聞き返した。

「あの……」

蘭子の表情は、本気でマスミが何を気にしているか分かっていないという顔だ。

電話の相手が誰だったのか。

マスミのほうから質問しない限り、蘭子のほうから喋《しゃべ》ってはくれそうにない。

「えーっと、愛さんが、お祭りのパンはどうなっているのか、気にしていましたよ」

しかしマスミの口から出たのは、思っていたこととは全く関係ない言葉だった。

「あ、セイレーンの露店で出すパンでしょ！　それが面白いパン思いついちゃったの。マスミちゃん、後で試食してみてくれる？」

嬉《うれ》しそうに話す蘭子の言葉を聞きながら、マスミは内心複雑だった。

蘭子のことを、よろしく頼む。

果たして自分は彼女のことを任されるほど、蘭子のことを知っているのだろうか？

何かを知ったつもりになっても、すぐにまた蘭子は自分の知らない一面を見せる。

「分かりました」

「それじゃあ仕事終わったら、厨房に来てね。用意しとくから」

「……はい」

もどかしい気持ちを抱えたまま、マスミは海月ベーカリーをオープンした。


パン屋の仕事自体は、その日も滞りなく終了して……

「じゃじゃーん」

店を閉めた後で厨房に入ったマスミに、蘭子は置かれた鉄板に整然と並ぶ星のような形のパンを、自慢するように見せた。どうやらデニッシュのようだ。

「ちょっと待っててね」

蘭子は星形デニッシュをいくつか手に取ると、普段パンを焼くのに使っている業務用のオーブンではなく、調理台に置かれた家庭用のトースターへと入れた。スイッチを入れて、デニッシュを温める。

「温め直してるんですか？」

「うん。海水浴場の露店じゃあ焼きたてのパンを出すことはできないけど、トースターぐらいなら用意できるって愛が言ってたから。当日と同じようにやってみたいの。まあ、今はそんなに冷めてもいないし……こんなもんかな」

トースターからデニッシュを取り出すと、生地の表面にじわりと染み出たバターがふつふつと泡を浮かべている。かなり熱そうだ。

「それじゃあ……」

デニッシュに伸ばしかけたマスミの手を、蘭子が止めた。

「ストップ。ここから、まだ仕上げがあるの」

蘭子は厨房の冷凍庫から、カップ容器を取り出すと、中身をすくってデニッシュの上にのせてみせた。

「これで、完成！」

「それ、アイスクリームですか？」

「うん。さ、召し上がれ。できればアイスとデニッシュを一緒に食べて」

「じゃ、いただきます」

マスミは星のぎざぎざした部分でバニラアイスを包み込むように押さえると、大きく口を開けてデニッシュに齧りついた。

「あち……つめた！」

しかしすぐに、トースターで熱々になったデニッシュ生地と冷たいアイスが口の中で合わさって、ちょうど食べ頃の温度になる。

「……あ、美味しい」

溶けたアイスと崩れたデニッシュが、なんとも言えない舌触りだ。デニッシュもアイスもどちらも甘さ控え目だが、同時に味わうことでかなり満足感の高いスイーツになっている。

「本当?」

「ええ。なんていうか、予想どおりの美味しさですね」

「あったかいデニッシュにソフトクリームをのせたデザートってあるからさ、それを真似《まね》してみました。お祭りだからね。あんまり奇抜すぎると、お客さんも味が予想できなくて手が出しづらいし」

この組み合わせなら、味も想像しやすい。お祭りで出せば、子どもや女性でも買ってくれるだろう。

「けど、いつものパンと比べると、随分と甘いですね」

「できればコーヒーと一緒に売れるパンがいいって、愛に言われてるからね」

「なるほど」

確かにコーヒーに合いそうな甘さだと、マスミは納得した。

「外で食べてもアイスが落ちないように、ちょっと形に苦労したけどね」

「いいと思いますよ、花火大会の雰囲気にも合ってるし。星形のデニッシュ」

「……ごめん。それ、ヒトデのつもり」

どうやら『クラゲッサン』に続く、海の生き物モチーフシリーズのパンだったらしい。

「つ、つまり、ヒトデのデニッシュで『ヒトデニッシュ』ってことですね！」

苦し紛れにごまかそうとするマスミの言葉に、蘭子はぱっと顔を輝かせた。

「あ、じゃあ名前は『ヒトデニッシュ』で決まりね」

「え、いいんですか！」

「うん。だってマスミちゃんのネーミング、いつも面白いし。クラーリー君とか、クラゲッサンとかね」

「……ありがとうございます」

意外なところを評価されて、マスミは照れくさそうに笑った。

「なんにせよ、完成してよかった。お祭りまであと少し余裕があるし、明日、アイスの種類ももう少し試してみようかな」

「そうですね。味にバリエーションがあったほうがいいかもしれないですね」

蘭子の言葉に、マスミは厨房の壁に掛けられたカレンダーに視線を移す。

(お祭りは、今週の金曜から……あれ……?)

カレンダーのその日付に前々から『おまつり』と書かれていたことは、マスミも知っていたが、そこにマスミの知らないメモが書き加えられていた。

『19時に先生と待ち合わせ』

(先生って……さっきの電話の相手?)

「あの、蘭子さん……」

「ん?　どうかした?」

きょとんとした表情で首を傾げる蘭子。可愛《かわい》い。

マスミがカレンダーのメモを読んでいたことに、まるで気付いていないようだ。

「……えと。『ヒトデニッシュ』ですけど、アイスだけなく、クリームチーズとかのせても美味しいんじゃないですかね」

マスミは思っていたことと、全然別のことを口にしていた。

「あ、そうだね!　さすがマスミちゃん!」

笑顔を浮かべる蘭子に、マスミは曖昧《あいまい》に微笑《ほほえ》んだ。

お祭りの日に、待ち合わせ。

まるでデートの約束だが、そこは何しろ蘭子のこと。先月の裸飲み会の一件もあるし、また自分の早とちりかもしれない。

本人に聞いてみるのが一番早いだろうが、そうすると『蘭子を意識していること』を気付かれてしまう恐れがある。マスミにはそれが恥ずかしかった。

本人に直接尋ねるのではなく、蘭子に『先生』と呼ばれる人物が何者なのか、愛に確認してみよう。

そう考えたマスミだったが、それでもまだ、何かが心の片隅に引っかかっていた。

重大な何かを忘れているような気がして、マスミは眉間《みけん》にしわを寄せて記憶を探った。

(お祭りと、約束?)

その辺りのキーワードが、マスミの頭の中でチカチカと赤と黄色で点滅している。

(お祭りのとき、何か、やらなきゃいけないことが……)

「……ああっ!」

思い出すと同時に思わず声を上げてしまったマスミに、蘭子は怪訝《けげん》な顔を向ける。

「な、何かあった?」

「いえ！　なんでもありません！」

食い気味で答え、マスミは首をぶんぶんと振りまくった。

「そう？　ならいいけど……」

蘭子は相変わらず怪訝な顔だが、マスミは正直に言うわけにはいかなかった。

（あああああ。忘れてた。どーしよー）

忘れていたこと、というよりも、できることなら忘れていたかったことを思い出してしまったマスミは、心の中で頭を抱えるのだった。


『どっこい夏祭り』一日目。

海水浴場沿いに走る道路では、まだ陽も高いうちから、ずらりと露店が並んでいた。

どこもまだ営業を始めてはいないが、食材やガス、水道の準備のため、各々の露店では、集まった担当者が沢蟹《さわがに》のようにこちゃこちゃ手を動かしている。

その中の一つ、喫茶セイレーンが出している露店では、知則《とものり》が手際よくコーヒー用のミルやポットを用意していたのだが……

「ああ、もうっ、遅い！」

突然叫んだ愛に、驚いたように手を止めた。

「どうかしましたか？　愛さん」

「マスミちゃんがまだ来ねえんだよ。今日はパン屋のほうも早めに閉めて、その後はこっちを手伝いにくるって話だったのによ」

夏祭りの期間中は海月ベーカリーや喫茶セイレーンだけでなく、ほとんどの地元商店が、早めに店仕舞いをして、露店のほうに力を注いでいた。

「おめえ、こんな刺し方じゃあ串がすぐ抜けちまって、客が食べづらいだろうが！」

「だからってお父ちゃんはぎゅうぎゅうに刺しすぎなんだよ！」

セイレーンの露店の斜め向かいでは、小山内親娘《おさないおやこ》がギャーギャー言いながら、海鮮串焼きの準備をしている。

「まあ、まだ時間はありますし。今のところ私一人で十分手は足りてますから。よっと」

クーラーボックスを邪魔にならない位置に移動させながら知則が言った。

「あ、オレがやるって。知則さんが、またぎっくり腰になっても困るからさ」

「私のほうは大丈夫です。愛さんこそ、無理はしないでくださいね？」

「……おう」

知則の言葉に、愛は照れくさそうに頬を染めて……

「すみません！　遅くなりました！」

聞き覚えのある声に、すぐさま表情を切り替えて振り向いた。

「コラ！　一体、何を、し、て……」

声の主を怒鳴りつけようとした愛だったが、相手の姿を見るや否《いな》や、台詞《せりふ》が尻すぼみになっていった。

「すいませんすいません！　一度うちに帰って着替えてきたんですけど、この格好、思ってたより歩きづらくって……」

作業の手を止めた知則も、謝るマスミの姿を見て、目を丸くする。

「おや」

「……えっと、マスミちゃん？　どーしたんだ、その格好？」

二人の視線の先、改めて頭を下げ続けるマスミが着ているのは、浴衣《ゆかた》だった。

無論、今日は夏祭り。浴衣を着ている人間などそこかしこにいるのだが、マスミが今着ているものは、花柄の模様といい、ピンクの帯といい、どう見ても女物である。

よく見ると、ダメ押しのように、白い貝殻の髪留めまでしている。

二人の知る限り、マスミは今まで『女性に間違えられやすい服』を着ることはあっても、ここまであからさまに女性物の服を着ることはなかったはずだが……

「……これには深～い事情がありまして」

それは六月のことだった。

その日、とある事情から、一刻も早くパン屋を閉めたかったマスミは、タイミングよく訪れた常連客、犬丸《いぬまる》巡査にそのとき残っていたパンを全《すべ》て買ってくれるように頼んだのだ。

突然そんな無茶なお願いをされた犬丸巡査は、

「ぜ、全部ですか？　お力になりたいのはやまやまですが、勤務中ですし、さすがにそれはちょっと……」

と困った表情を浮かべた。

しかしここで彼を逃した場合、ほかに残りのパンを買い占めてくれる奇特な客が現れるとは思えない。そのときのマスミに、手段を選んでいる余裕はなかった。

「お願いします、おまわりさん！　私、なんでもしますから！」

「な、なんでも？」

鼻息を荒くする犬丸巡査を見て、マスミはちょっぴり後悔したが、出した言葉はもう引っ込められない。

何しろ犬丸巡査は、マスミのことを女性だと勘違いしっぱなしっぽい。

曲がりなりにも警官なのだから、公序良俗に反するお願いはされないと信じたいが……

「それじゃあ……」

ごくり。

目を血走らせて口を開いた犬丸巡査に、マスミも身を固くして固唾《かたず》を呑《の》む。

「ら、来月の夏祭りで……浴衣姿を、本官に見せてはくださらないでしょうか！」

「オッケーです！」

「じゃあ、パン全部買います！」

即断。即答。即決。

かくして、パンを全て犬丸巡査に売りつけることに成功したマスミは、ダッシュで店を飛び出していったのだった。

残る問題を、未来の自分に押し付けて……

「それは、その……大変でしたね」

「あは、あははは！」

「……そんなに笑わないでください」

苦笑する知則と爆笑する愛に見つめられ、マスミは浴衣の裾《すそ》を摘《つま》んで俯《うつむ》いた。

愛はおなかを押さえながら、

「ああ、おかしい。まさか、そんな約束をしてたとはねぇ。でもよぉ、マスミちゃん」

愛はマスミに近づくと、小声で耳打ちする。

「いくらなんでもそんな女物丸出しの浴衣にすることはなかったんじゃねえの？」

「それが、この約束のこと、つい最近まで忘れてて……私、浴衣を持ってなくって、買いにいく時間もなかったんで、姉の浴衣を借りたんです」

マスミの言葉に、知則が目を丸くした。

「お姉さん、よく貸してくれましたね」

「友達との罰ゲームって言ったら、面白がってノリノリで着付けまでしてくれた上に、髪までセットしてくれましたよ……はぁ……」

憂い顔で白い貝殻の髪留めを触るマスミは、どこからどう見ても浴衣美人の女の子だった。

　先ほどから通行人の男性が、露店の横を通り過ぎるときにマスミのことをちらちら見ていた。ちなみに女性の通行人は、愛のほうをちらちら見ている。

　そのことに気付いた愛は、時代劇の悪徳商人のようにニヤリと笑った。

「こりゃあ……今日の売り上げは、かなり期待できるかもな」


「こちら、バニラとアイスコーヒーのセットです」

「ホットコーヒーとヒトデニッシュのチョコですね？　五百円です」

「アイスコーヒー二つと、ヒトデニッシュのバニラとチーズお願いします」

　愛の予想どおり。

　日も暮れ始め、本格的にお祭りが始まるや否や、セイレーンの露店ではヒトデニッシュがひっきりなしに売れていた。

「お待たせしました。ホットコーヒーとバニラアイスのヒトデニッシュセットです」

「はい、どうぞ。落とさないように気を付けてくれよな」

　基本的に、マスミが男性を、愛が女性を接客していた。

この作戦が功を奏したのか、客たちは皆、嬉《うれ》しそうに商品を買っていき、ヒトデニッシュを食べて、さらに笑顔を浮かべる。

ヒトデニッシュの味は、バニラアイスとチョコアイス、それにクリームチーズをのせた三種類だ。デニッシュ生地は全部同じプレーンタイプのものを使っている。

ヒトデニッシュ単品の値段はお祭り価格で少し高めの三百五十円なのだが、コーヒーとのセットがワンコイン五百円のため、買われていくのがほとんどこのセットだった。

後ろのほうでは知則が忙《せわ》しなく、しかし充実した表情で、テキパキとコーヒーを紙コップに注いでいる。

愛は知則のほうを振り向いて、話しかけた。

「アイスコーヒーだけじゃなくってホットも結構出るな」

「七月とはいえ、夜はまだ涼しいですからね。それに冷たいアイスクリームと一緒なら、飲み物はホットでという人もいるでしょうし」

「だな。知則さんの言うとおり、ホットもメニューに入れといてよかったぜ」

二人の会話を聞いていたマスミはふと気になって、隣の愛に声をかけた。

「そういえば、蘭子さんは呼んでないんですか？」

「ああ、アイツは……」

愛が答えようとした、ちょうどそのとき。

「お仕事、ご苦労様です！」

突然かけられた大きな声に、マスミが慌てて屋台の正面を振り向くと、そこには満面の笑みを浮かべた制服警官、犬丸巡査が立っていた。

「あ、ど、どうも……」

思わず笑みが引きつるマスミ。

「浴衣、本当に着てきてくださったんですね！　ありがとうございます！」

「や、約束ですから」

ギリギリまですっかり忘れていたとは、マスミもさすがに言えなかった。

「いつものエプロンも似合ってますが、浴衣もとてもお似合いですよ！」

大声でマスミの浴衣を褒《ほ》めちぎる犬丸巡査。

「あ、ありがとうございます……」

しかし当のマスミは、こちらに来ようとした叶《かなえ》が、小山内に襟首《えりくび》摑《つか》まれ屋台に引き戻されるシーンが気になって仕方なかったので、彼の褒め言葉がほとんど耳に届いていなかった。

「あ、もしかして今日は髪型もいつもと少し違いますか？」

「ええ、まあ……」

「いや、お似合いです！　その白い髪留めも可愛いですね！」

「そ、それはどうも……」

　さらに褒め続ける犬丸巡査に、マスミの適当な相槌《あいづち》のボキャブラリーも尽きかけた頃、愛が口を開く。

「おまわりさんさぁ。どうでもいいけど、うちの商品は買ってくれねぇの？」

「おっと、これは失礼しました。では……」

「おい、犬丸！」

　犬丸巡査が注文をしようとしたそのとき、道の向こうからやや年配の警官が声をかけた。

「あ、先輩もどうですか？『海月ベーカリー』のパン、売ってますよ」

「ほう、あそこのパンか。そりゃいいな」

　先輩と呼ばれた警官は一瞬表情を緩めるが、しかしすぐに厳しい表情で、

「いや、腹ごしらえは後回しだ。不審者の目撃情報があった。お前も来い」

「！　本当ですか！」

さらに犬丸巡査と二言三言言葉を交わした年配の警官は、「早くしろよ」と言い残すと急ぎ足で去っていった。犬丸巡査は申しわけなさそうな顔を露店のほうに向ける。

「すみません。なんでも裸の変質者が出たらしいので、本官はこれで失礼します」

「は、裸ですか?」

『裸』というキーワードに、マスミの胸がドキッとする。

「ええ。どうも全裸の男が目撃されているそうで。酔っ払いか、お祭りで浮かれているだけでしょうが、危険人物の恐れもあるのですぐに行かないといけません」

「そうですか……」

どうやら蘭子のことではないようだ。マスミは胸を撫で下ろした。

犬丸巡査は愛のほうに向き直ると、改めて頭を下げた。

「冷やかしになってしまい、大変申し訳ありません。コーヒーを飲みながら、現場に向かうわけにもいきませんので……」

「あー、いいっていいって。仕事ならしゃーないだろ」

愛はパタパタと手を振りながら、

「その代わり、暇ができたとき、また買いにきてくれよな」

「はい! 了解しました!」

「それとな、おまわりさん。マスミちゃんは約束を果たしたんだから、もう浴衣じゃなくてもいいんだろ？」

「えっと……」

愛の言葉に、犬丸巡査は一瞬残念そうな表情を浮かべたが、すぐに生真面目な口調で、

「そうですね。本官の無理なお願いを聞いてくださり、ありがとうございました」

「あ、いえ、こちらこそ」

「では、もう、本当に行かないとまずいので！」

犬丸が去り、マスミは目を潤《うる》ませて愛を見つめた。

「愛さ～ん。ありがとうございます～」

「ま、うちとしちゃあ、客寄せになるからそのままでいてくれてもいいんだけどよ」

「勘弁してくださいよ……」

情けない声を出すマスミに、愛は思い出したように告げる。

「ああ、そうだそうだ。マスミちゃんよぉ、しばらくはオレが一人で接客してるからさ、デニッシュの補充を取りにいってくれね？」

「補充って……海月ベーカリーにですか？」

「おう。初日はどれだけ用意していいか分からなかったからな。足りなくなりそうなら蘭子に追加で焼いてもらうつもりでいたんだ」

「あー。だから、蘭子さんはパン屋で待機なんですか」

「そういうこと。アイツにはもう連絡してあるんで、マスミちゃんがあっちに着く頃には用意してあるはずだから」

「了解しました」

「ついでにマスミちゃん、自分ちに寄って、浴衣を着替えてくるといいぜ」

「あ、ありがとうございます！」

愛の心遣いに感謝して、裏に回り、道へ出ようとしたマスミの背に、知則が声をかけた。

「まだ『ヒトデニッシュ』は残っていますけど、なるべく早めに戻ってきてくださいね。七時を過ぎると、夕飯を終えてからお祭りに来る人なんかが、増えると思いますから」

「分かりました！」

夜の七時……つまり、十九時。

海水浴場沿いの道から、戻ってきたマスミは、とりあえず海月ベーカリーのドアを合鍵で開けて入り、声をかける。

「蘭子さーん。『ヒトデニッシュ』を取りにきましたー」

しかし既に片付けられたパン屋の店内には、蘭子の姿も、補充分のヒトデニッシュも見当たらなかった。

「蘭子さん？　厨房かな？」

そのまま奥へと進んだマスミは、金属扉を開けて、厨房の中へ。

「……あれ」

厨房の調理台には、『ヒトデニッシュ』が詰められた『ばんじゅう』が置いてあったが……蘭子の姿はどこにもなかった。

その代わりに、『ばんじゅう』の横に『マスミちゃんへ。追加のヒトデニッシュです。お願いします』と書かれたメモ用紙が置いてある。

「蘭子さん、どうしたんだろう……あ」

そのとき、マスミの目に飛び込んできたのは、厨房の壁に掛かったカレンダーの、今日の欄に書かれた『19時に先生と待ち合わせ』の文字。

「あああああ。今度は、こっちを、完全に忘れてた……」

ガックリと膝をつきそうになるマスミだったが、浴衣を汚してしまうと姉に怒られるため、調理台に手をついてなんとか堪える。

「つまり蘭子さんは、今、待ち合わせをした『先生』と会っているってことなのかな……」

一体その『先生』とはどういう人物で、蘭子とはどういう関係なのか。

気にはなるものの、今この場では調べる手段がないし、何より露店では愛たちが追加のデニッシュを待っている。

「……とにかく『ヒトデニッシュ』を届けて、蘭子さんの『先生』っていう人に心当たりがないか、愛さんに訊《き》いてみよう」

そうと決まれば、急いで戻らなくては。

意を決したマスミは、『ヒトデニッシュ』の入った『ばんじゅう』を持ち上げ、厨房の外へと出たのだった。

「し、しくじった……」

とにもかくにも一刻も早く『先生』のことを愛に尋ねたかったマスミは、タイムロスをなくすため、一度家に寄って浴衣を着替えることをやめ、そのままの格好で海月ベーカリーから海水浴場へ向かっていたのだが……

デニッシュが入った『ばんじゅう』を持ったまま、浴衣で夜道を歩くのは、無茶苦茶しんどかった。

今マスミが履いているのは、姉のゲタなのだが、実はサイズが微妙に合っていない。その上、そこそこ重くてかさばる『ばんじゅう』を抱えるように持っているため、ただでさえおぼつかない足元がまるで確認できないのだ。

（……先月のセイレーンといい、どうも焦ると、冷静な判断ができなくなるな……）

改めて自分の未熟さを痛感し、マスミは気持ちまで凹《へこ》んでくる。

今歩いているのは、商店街と海水浴場の間にある、特に何もない住宅街。

日もすっかり落ちて辺りは暗くなっており、街灯もまばら。ついでにお祭りに出掛けている住人も多いのか、明かりのついている民家も少ないため、結構な寂しさだ。

こんな場所で落ち込んで、ひと休みしている場合じゃない。

マスミは無理にでも気持ちを切り替えようと、首をぶんぶん振ってみた。

（よし！）

脳みそをシェイクしたマスミは、しっかり前に向き直ると、一歩ずつ慎重に、しかしできる限り速足で進み始める。

しかし、何歩も進まないうちに、

「おい。ちょっと、そこの」

と後ろから声をかけられた。

周囲にはほかの人影はないため、自分が声をかけられたのだと思ったマスミは、不審に感じつつも後ろを振り向いて……

（げ）

そこに立つ人物を見て、絶句する。

人気《ひとけ》のない住宅街のど真ん中に立っていたのは、一人の男だった。

異様に体格のいい筋骨隆々のマッチョマンで、魚屋の主人といい勝負になりそうな肉体をしている。

街灯の薄明かりで見る限り、頭髪と髭はほとんど白くなっているのだが、年による衰えを全く感じさせない。まるでジンベエザメのような威圧感があった。

それだけならまだ、ちょっと怪しいムキムキのジジイで済んだのだが……

上半身が裸だった。

マスミの脳裏に、先ほどの犬丸巡査との会話が蘇《よみがえ》る。

(このおじいさんがもしや……裸の変質者！)

変質者と聞いて、てっきり若い男、せいぜいオッサンを想像していたマスミだが、冷静になってみれば年齢までは聞いていなかった。

「おいってば」

マスミが硬直していると、その男性が一歩、マスミのほうへと足を踏み出した。

「ひっ……へ、変態ぃぃぃぃぃー！」

恐怖にかられたマスミは、回れ右をすると、叫び声をあげて、ダッシュで……いや、全力の速足で逃げ出した。

「あ、おい！　ちょっと待て！」

マスミの背後で、男性の声とアスファルトを蹴る音が聞こえた。

「待てって、なあ、ちょっと！」

全力で遠ざかるマスミを呼ぶ声は、近付きはしないけれど、小さくもならない。男が追いかけてきたのだ。

(……だ、ダメだ……)

逃走直後にマスミの心は折れかけた。

何しろ履いているのはサイズ違いのゲタで、結構な重さの『ばんじゅう』を両手で抱えているのだ。

相手はどうやらいい年のようだが、あの鍛えた身体《からだ》を見る限り、たちまちのうちに捕まってしまうだろう。

この先の角を曲がれば海水浴場が見える、そうすれば誰かに助けを求められるはずなのだが、とてもたどり着けそうになかった。

『ばんじゅう』を置いてしまえば、そこまで逃げ切れるかもしれないが……

(この『ばんじゅう』の中身は……『ヒトデニッシュ』は、蘭子さんの焼いたパンなんだ)

蘭子は、よろしく頼む、とマスミにメモを残した。

マスミは信用されたのだ。蘭子のパンを任せられる人物だと。

覚悟を決めたマスミは道の真ん中で足を止めると、『ばんじゅう』の両端をしっかりと摑んだまま、後ろへ振り向いた。迫ってきていた男性も、マスミにつられて立ち止まる。

「……わ、私はともかく、蘭子さんのパンに手を出すな!」

男を睨《にら》み付け、マスミは精いっぱいの声で叫んだ。

男は、髭面の顔面をきょとんとさせてから、

「お前さん、何か、勘違いしてねえか？　というか、今、蘭子って……」

「今の声、マスミちゃん？」

何か言おうとした男の台詞を遮《さえぎ》ったのは、第三者の……いや、とてもよく聞き覚えのある声だった。

マスミが振り向くと、海水浴場へ続くはずの角から出てきたところと思しき、蘭子の姿があった。

「あ、やっぱりマスミちゃんだ。愛が待ってたよ」

今の蘭子の格好は裸エプロンでこそないものの、タンクトップにホットパンツ。露出度で言えば裸エプロンよりちょっと低い程度だ。

多少寒そうではあるものの、これもまた気分の問題なのか、黒い服やジャージの時と比べると、はきはきとした喋り方だった。

マスミは地獄で天使に会ったみたいに顔を輝かせ、蘭子に向かって叫んだ。

「蘭子さん！　助けを呼んできてください！」

そう言えば、変質者なら人が集まる前に逃げ出すと思ったのだが……

「え？　誰かそこにいるの？」

意図が全く伝わらなかったようで、蘭子はマスミたちのほうに向けて近寄ってきた。

「来ちゃダメですって！」

マスミは首をぶんぶん振るものの、『ばんじゅう』を抱えているため手を使って「こっちに来るな」というジェスチャーまではできず、蘭子はぽてぽてと近付いてくる。

そして、すぐには逃げられないほどの距離に近付いてようやく、マスミが向かい合っている男性の姿が目に入ったらしい。

「あ」

蘭子は驚いて、目を丸くした。

「蘭子さん、早く逃げて……」

マスミの言葉が終わるのを待たず、蘭子は駆け出した。

しかし、それは、マスミの言うように海水浴場方面に逃げ出したのではなく……

「え？　蘭子さん？」

立ち尽くすマスミの横も通りすぎ、蘭子は裸の男性のほうへ向かって走り出したのだ。

茫然《ぼうぜん》とするマスミの視線の先で、蘭子は男の前に立ち止まる。

（もしかして、柔道技で投げ飛ばすつもりなんじゃあ）

しかし相手は裸である。裸の相手に使える技が、柔道にあったかどうかマスミが考えていると……蘭子はがばっと男に抱きついた。

（そ、そこから何か、ジャーマンスープレックス的な大技を？）

ごくりと喉を鳴らして、成り行きを見守るマスミだったが……裸の男は、苦笑しながら、自分に抱きつく蘭子の肩をぽんぽんと叩《たた》く。

「おいおい、苦しいじゃねえか。蘭子」

言われた蘭子はようやく男から離れるが、それでも満面の笑みで彼の手を取りながら、話を続ける。

「だって、もう！　待ち合わせの場所にいないから、心配したじゃあないですか！」

「悪い悪い。随分早くこの町に着いちまったもんで、軽く辺りを走ってたら、すっかり迷っちまってよ」

そんな朗らかな二人の会話に、マスミは困惑した表情を浮かべた。

「えーと……」

「あ、そうそう。おい、そこの坊主！」

謎《なぞ》の男性は、蘭子の肩ごしに、マスミに向かって声を張り上げた。

「お前さん、これ、落としただろ」

彼はマスミのほうに腕を伸ばしてみせた。指先が何かを摘むような形をしており、マスミが目を凝《こ》らすと……

そこには、白い貝殻の髪留めが摘まれていた。

「え？　あれ！」

慌ててマスミが自分の頭を確認すると、付けていたはずの髪留めがなくなっている。

（あ、あのときか）

マスミが気持ちをしゃっきりさせるため、首をぶんぶか振り回したときに、髪留めが落ちたのだろう。

「ったく。せっかく落としもんを拾ったっていうのに、逃げ出しやがって。オイラぁサメじゃあねえんだぞ」

「す、すみません……てっきり、変質者かと……」

マスミが謝ると、蘭子も男性に向かって尋ねる。

「そういえば、どうして裸なんですか？　いや、私が言うのもなんですけど」

「ああ、汗かいちまって、着替えるのも面倒だから脱いだんだよ。海も近いし、いいだろ？」

「ダメですよ、先生。私だって厨房以外じゃあ服を着てるんですから—」

そう言って笑う蘭子の言葉を聞いて、マスミは愕然《がくぜん》とする。

「せ、先生って……」

マスミが混乱していると、そこへ再び、新たな人物の声が響く。

「あ、こんなとこにいたのかよマスミちゃん！」

一同が振り向くと、そこには小走りでやってくる愛の姿があった。

「『ヒトデニッシュ』売り切れちまったじゃねえか！　それに、どうしてまだ浴衣も着替えてねえ……」

マスミに小言を言おうとした愛だったが、裸の男の姿を認めて、目を丸くする。

「銀次《ぎんじ》さん、なんでこんなところにいるのさ」

「お、愛ちゃんじゃねえか。久しぶりだなぁ」

「愛さんも知ってるんですか？　この人」

マスミに尋ねられて、愛はこくりと頷いた。

「おう。銀次さんは、蘭子のパン作りの師匠さんだぜ。あと、知則さんのお兄さん」

「えぇえぇ……」

愛の言葉に、マスミはその場でがっくりと脱力したが、『ヒトデニッシュ』入りの『ばんじゅう』だけは、しっかりと摑んだまま放さなかった。

第四話　真夏の夜のパン屋さん

ある日《ひ》ナノハナベーカリーで、妖精《ようせい》の『ナノ』と人間《にんげん》の『花《ハナ》』が言《い》い争《あらそ》っていました。

「ナノのやることに口出《くちだ》しをするなの、人間《にんげん》！」

「いいえ。これだけは譲《ゆず》れませんわ！」

二人《ふたり》の間《あいだ》には、三《みっ》つの小《ちい》さなパンがくっついて作《つく》られた一《ひと》つのパンが置《お》いてあります。

「あんこが入《はい》っていない三色《さんしょく》パンなんて認《みと》められません！　何故《なぜ》ジャムなんですか！」

「クリームで白《しろ》、チョコで黒《くろ》なんだから、三《みっ》つ目《め》は赤《あか》いジャムにしなくちゃあ、『三《さん》色《しょく》パン』にはならないの！　あんこじゃあ黒《くろ》が被《かぶ》っちゃうの！」

「でしたら、クリーム、あんこ、ジャム、にすればよろしいでしょう！」

「チョコを外《はず》す？　それこそあり得《え》ないの！」

しばらく睨《にら》み合《あ》っていた二人《ふたり》でしたが、やがて『ナノ』が口《くち》を開《ひら》きました。

「こんな分《わ》からず屋《や》な人間《にんげん》とは、もうやってられないの！　出《で》ていってやるの！」

『それゆけナノハナベーカリー　第十一話より』


ちょっと昔のお話。

その頃、蘭子《らんこ》はスランプに悩まされていた。

パン職人を目指す蘭子は、製パンの専門学校に通っていたものの、自分の作るパンの味にどうしても納得がいかなかったのだ。

しかし、どこが悪いのか、どこを直せばよくなるのか、それもよく分からない。学校の先生や同級生に相談することもできず、ただただ一人で試行錯誤を続けてみるものの、美味《おい》しいパンが作れない。

唯一、蘭子がその胸のうちを相談できる相手といえば、高校時代からの親友である大空愛《おおぞらまな》だけだったが、パンのことが分からない彼女に、アドバイスを求めることもできない。

けれども、悩み続け、苦しみ続け、それでもパンを作り続ける親友を、愛は放っておかなかった。

愛は、気分転換に、と蘭子を旅行へと連れ出したのだ。

旅行先は、とある山奥の温泉地だった。大自然の中、露天風呂にでも入れば、蘭子もリフレッシュできるのではないか、と愛は考えたのだ。

二人で宿へ向かう途中、山道でパンの焼ける匂いを、蘭子の鼻が捉えた。

蘭子は一瞬、自分がノイローゼのあまり幻聴ならぬ幻臭を感じたのかと思ったが、聞けば愛にもパンの匂いがするという。

二人が匂いをたどってみた先には、『山月屋《さんげつや》』という看板が掛かった山小屋が……山の中のパン屋があった。

店に入ってみると、こんがりと焼けた美味しそうなパンが並んでいた。

店番をしている年配の男性に愛が話を聞くと、ここは兄弟が趣味でやっているパン屋で、並んでいるパンを作ったのは彼の兄だと言う。

愛とその男性が話し込んでいる横で、蘭子は買ったパンを一口食べてみた。

蘭子は、その味に愕然《がくぜん》とした。

これこそが蘭子の求める美味しさ、いくら作ろうと思っても作り出せないパンだった。

　店番の男性に頼み込み、彼の兄に引き合わせてもらった蘭子は、その場で深々と頭を下げて頼み込んだ。

「どうか私を、弟子にしてください！」と。


『どっこい夏祭り』二日目の開催前……

「よっ。やってるかー？」

　海月《くらげ》ベーカリーのドアが開き、銀次《ぎんじ》がたくましい腕を上げて、店の中へ入ってきた。

「あ、い、いらっしゃいませ！」

　マスミは一瞬言葉に詰まったものの、それでもちゃんと挨拶《あいさつ》する。

「ほう。なかなかいい店構えじゃねえか」

　言いながら銀次は店内とパンを見渡す。昨夜と違って、今日はちゃんとTシャツを着ていた。彼の筋肉のためパツンパツンだったが。

「ほうほう。こりゃあクラゲのパンか？　蘭子の奴《やつ》め、おもしれえもんを作るじゃねえか」

「あの……み、湊《みなと》さん」

ほかに客の姿はなく、パンの一つ一つを品定めするように見つめる銀次に、マスミは恐る恐る声をかけた。

「銀次でいいぜ。苗字じゃあ、知則《とものり》の奴や愛ちゃんと一緒でややこしいだろう」

「それじゃあ……銀次さんはこのお店に来たのは初めてなんですか？」

「おう」

マスミの質問に、銀次は鷹揚《おうよう》に頷《うなず》いた。

「気になっちゃあいたんだが、なんせ山にある自分の店を、オイラが一人で切り盛りしてるからな。弟も弟子もいなくなっちまったってのに、オイラまで抜けて来るわけにゃあいかねえだろ」

「山のパン屋さんって、今はどうしてるんですか？」

「ああ、夏休み中だよ」

銀次の何気ない言葉に、マスミは目を丸くする。

「夏休みって」

「別に今年に限った話じゃねえぞ？　どうせ夏の間は売り上げが落ちるから、毎年この時期は店を閉めてんのよ」

「なるほど……」

売り上げが落ちる間は店を閉めてしまえば、黒字にはならないが赤字になることもない。それはそれで一つの夏対策の形だと、マスミは唸《うな》った。

「それで蘭子さんの様子を見にきたんですね？」

「ああ。まあ、ついでだがな」

意外な言葉に、マスミはまた首を傾《かし》げた。

「ついで？」

「毎年、店を休んでいる間は、あちこち遠出して、趣味のボディビル大会に出てるんだよ」

「ぼ、ぼでぃびる大会？」

「おうよ」

銀次がポージングすると、ただでさえパッツパツのTシャツが筋肉で悲鳴を上げた。

「で、ここの海水浴場での祭りでもやるって聞いてよ。参加ついでに、弟子の店の繁盛具合を見に寄ってみたってことよ」

「……そういえば夏祭りに、そんなイベントもあったような……」

大して興味がない催しだったので、マスミはすっかり忘れていた。

「大会は最終日の明日にやるらしいがな。とりあえず今は、裸でうろうろしてたことを、交番で謝ってきたとこだ」

結局昨夜、変質者だと騒がれていたのは、銀次だったようだ。あの後、駆けつけた犬丸巡査には説明したようだが、午前中ちゃんと交番にも謝罪に行ったらしい。

「ふむ。店構えはまぁ合格だな。厨房《ちゅうぼう》はこっちか？」

ひととおりパンと店内を見て回った銀次が、カウンターの奥へと足を踏み入れるのを見て、マスミは慌《あわ》てた。

「ま、待ってください！　蘭子さんは今ちょっと……」

「ん？　ああ、どうせまた裸でパン作ってんだろ」

「え」

なんでもないことのように言われて、マスミは戸惑いの表情を浮かべた。

「オイラぁ蘭子の師匠だぜ？　アイツが服を脱がなきゃパンを作れないことぐらい、知ってるに決まってんだろ。ダッハッハ」

銀次は豪快に笑うと、ズカズカと廊下の奥……厨房の金属扉のほうへと進んでいった。

「あ、ちょ、ちょっと！」

後を追いかけるマスミの前で、銀次はあっさりと金属扉を開けてしまう。

「おう。蘭子、邪魔するぜ」

「あ、先生！」

調理台でパンを作っていた蘭子（裸エプロン）は、銀次の姿に表情を輝かせる。

銀次は蘭子の格好《かっこう》には何も言わず、顎に手を当てて、厨房を見回した。

「どうやら厨房は、ちゃんと綺麗《きれい》にしているみてえだな」

「もちろん。毎日かかさず掃除していますから」

「オーブンも磨いてるようだし、感心感心。粉はどこに仕舞ってるんだ？」

「はい。こっちです、先生」

「ん？　これじゃあちょっとストックが少なくねえか？」

「あ、小麦粉は週二回、業者さんが届けてくれるんで、これくらいで平気なんです」

「そうか。山月屋じゃあ週一回だったが、ここは町の中だもんな。酵母はどうしてる？」

「うちのバゲットで使っているのは、そこにあります。先生に分けてもらったやつです」

「どれどれ。お、元気そうじゃねーか」

そんな調子で、蘭子と銀次は厨房をあっちこっち行き来しながら会話をしていた。会話の内容は、パン屋……というか、パン作りのための用語がちょこちょこ出てくるため、マスミにはよく分からなかったが。

それでも、蘭子がとても楽しそうに、嬉《うれ》しそうに話していることが分かった。自分以外の男性と、あそこまで打ち解けて話をする蘭子を、マスミは初めて見た。

「んで、今作ってんのが、露店で出してるっつーデニッシュの生地か?」

「はい。ヒトデニッシュって言うんですけど……」

なおも盛り上がる二人に背を向け、マスミはそっと厨房の金属扉を閉めた。

いつまでもレジを空けておくわけにもいかないし……と、自分に言い聞かせて、マスミは店内のほうへ戻った。カウンターに立ち、誰もいない海月ベーカリーを見つめて、ため息をつく。

(私……一体、何をやって……)

そのときである。

ポケットに入れっぱなしにしていたマスミのケータイが、ヴヴヴと震えた。電源を切り忘れていたようだ。

慌てて取り出してみると、電話の着信だった。登録されていない番号が表示されている。

マスミは少し迷ったが、今は客もいないし、蘭子も銀次も厨房にいる。その場にしやがみ込むと、カウンターに隠れるように電話に出た。

「はい。もしもし」

「あの、こちら、畑《はたけ》マスミ様の番号でお間違いないでしょうか？」

マスミが小声で応答すると、電話の相手が確認してくる。

「はい。私が畑マスミですが」

「良かった。あ、申し遅れましたが、私は……」

電話の相手が語る内容に、マスミの目は、徐々に見開かれていった。


「おう、坊主。蘭子が今日はもう店閉めていいってよ」

一時間ばかり厨房で話し込んでいた銀次は、店のほうへ戻ってくるなり、マスミに向かってそう言った。

いつもと比べると随分早い時間だが、昨日、今日、そして明日は夏祭りのタイミングに合わせて、閉店時間を少し早くずらしているのだ。

「分かりました」

マスミは外へ出ると、表のドアの札を『CLOSED』に掛け替えた。

店内に戻り、片付けをしていると、銀次がわしゃわしゃと顎鬚《あごひげ》を掻《か》きながら、再び話しかけてくる。

「んで、だな。蘭子の奴ぁ、今日の夜は祭りにゃ顔出さず、厨房でパンを作ってるそうだが、お前さん、暇か？」

「えっと、今日もセイレーンの露店の手伝いをすることに……」

「そりゃあ知ってるよ。愛ちゃんに聞いたからな。だが今すぐってえわけじゃあないんだろ。オイラが聞きてえのは、店を閉めてから祭りが始まるまでの間、暇かっつうことだよ」

「特に予定はありませんけど」

銀次が何を言いたいのかがよく分からなかったが、マスミは正直に答えた。

「そうか。そりゃあ良かった」

破顔した銀次が、嬉しそうに言葉を続ける。

「実はな、明日ボディビル大会をやるっつうステージの下見をしておきてえんだ。一応、場所は調べてあるんだが、昨日みたいに迷っちまうと面倒だからな」

「はあ」

未《いま》だに話が見えてこないため、曖昧《あいまい》に相槌《あいづち》を打つマスミ。

「で、坊主にはそこまでの案内を頼みてえ」

意外な頼みに、マスミは驚きの声を上げる。

「え！　ど、どうして私に？」

「そりゃあほかに暇な奴がいねえんだから、しょうがねえだろ」

「そんな理由で！」

「っつーのは、まあ、半分冗談でな」

半分は本気なのか、とマスミは思った。

「蘭子に相談したら、そういうことならマスミちゃんが適任だって、言われてな。無理にたぁ言わねえが、頼まれちゃくれねえか？」

「そういうことなら、まあ……」

頷くマスミに、銀次は満足そうな笑みを浮かべる。

「んじゃ善は急げだな。とっとと行って、とっとと戻ってこようか」

「あの、ところで銀次さん」

翌日のボディビル大会の会場……海水浴場の特設ステージへ向かう道すがら、マスミは銀次に話しかけた。

「どうした?」

「銀次さんって知ってたんですか、私のこと?」

問われて銀次は、短く刈り上げた白髪頭をポリポリと掻いた。

「蘭子の奴に、マスミってI子が店を手伝ってくれてるっつうのは聞いてはいたぜ。さすがにそれがオイラの目の前で、髪留めを落としたお前さんのことだっつうのには、驚いたけどよ」

「でも、昨日も今日も、私のこと、『坊主』って……」

マスミが言いよどむと、銀次はきょとんとした表情で、

「言ったけど、それがどうかしたか?」

「どうして、その……男だって分かったのかなって」

「んなもん、見れば分かるじゃねえか」

何を当たり前のことを、と言わんばかりの顔で、銀次は言った。

「でも昨日の私、女物の浴衣《ゆかた》でしたし」

「だから着ているもんが男もんだろうと女もんだろうと、性別ぐらいは見れば分かるだろうが。普通」

「そ、そうですか？」

その割には、いつまで経《た》ってもマスミの性別に気付いてなさそうな犬丸巡査のような人間もいるのだが……。

「おう。筋肉の付き方で一目瞭然だぜ」

「そこで見分けるんだ！」

「ところで坊主。オイラからも訊《き》きてえことがあるんだがよ」

「あ、はい。なんでしょう？」

銀次は顎鬚をしごきながら、口を開いた。

「蘭子の奴から聞いたんだけどよ、海月屋……今は海月ベーカリーか。ともかくあのパン屋のことなんだが、蘭子の奴はパン作りに専念して、店のことはほとんどお前さんが一人でやってるっつーのは本当かい？」

「あ、はい。そうです」

「ほとんど毎日働いてて、店の内装を変えたり、パンの名前を考えたり、色々してくれてるってえ話も本当かい？」

「ええ、まあ」

マスミが頷くと、銀次は感心した表情で唸った。

「だとしたら、若いのに大したもんだ。お前さんがいなかったら、蘭子のパン屋は今も閑古鳥《かんこどり》が鳴いていただろうよ。アイツの師匠として、礼を言わせてもらうぜ。ありがとよ」

銀次は急に立ち止まると、マスミに向かって、深々と頭を下げた。

「あ、いえ、そんな！　私も好きでやってることですから！」

「だろうな。毎日働くなんてこと、その仕事が好きじゃなきゃあ、できねえよな」

顔を上げた銀次は、再び海水浴場のほうへと歩き出した。マスミも慌てて付いていく。

「お前さんはきっとパン屋の仕事が好きで、蘭子の店を手伝ってくれてるんだろう。それは本当に、ありがてえ。でもよ、もう一つだけ訊きてえんだが」

振り向いた銀次は、マスミの目を見据えて、言う。

「お前さんは、パン屋になりてえのかい？」

「え……」

今度の問いには、マスミは即答できなかった。

「……どうして、そんなこと、訊くんですか？」

つい質問を質問で返してしまったマスミに、銀次は嫌《いや》な顔一つせずに答える。

「そりゃあお前さんがいかにも、悩んでいます、って様子だったからな」

銀次は続ける。

「お前さん、オイラが店に来たときとは、顔つきが全然違うぜ。小一時間の間で、妙に固くなっちまっただろ。最初は蘭子がオイラに懐いてるもんで、焼き餅でも焼いてるのかと思ったが、どうもそれだけじゃあねえな。誰かと会った……ってえことはなさそうだが、今後の進退に関わる電話か何かでもあったんじゃあねえかと思ってな」

「……！　……！」

驚きのあまり、金魚のように口をパクパクさせていたマスミだが、何とか声を絞り出す。

「ど、ど、どうして、そんなことまで……」

「さっきも言っただろう」

マスミの言葉に、銀次はにっかりと笑ってみせた。

「そいつの筋肉を見たら、大体のことは分かるんだよ」

当たり前のように言われて、マスミは絶句する。

「だからもっかい訊くけどよ。お前さん、パン屋になりてえのかい？　これからもずっと、蘭子の店を手伝っていくつもりかい？」

「……あの、わ、私は……」

「ふむ。ちょいと昔話をしようか」

　答えに困るマスミに、軽く肩をすくめた銀次は、歩みを止めぬまま語り始めた。

「蘭子がオイラのところで、修行を始めた頃の話だ。アイツはその頃、スランプってえやつでな。どうしても自分で納得いく、美味《うま》いパンが作れなかった。蘭子自身にゃあ理由が分かっていねえようだったが、オイラから見りゃあ一目瞭然だった。アイツはな、自分が本当にやりたい作り方で、パンを作ってなかったんだ」

「本当にやりたい作り方？」

「おう。学校で教わったとおりのことはできちゃあいたが、そりゃあ正しいやり方ではあっても、アイツがやりたい作り方じゃなかったってこった。だからオイラは蘭子に言ったんだ。お前さん、どんな風にパンを作りたくって、パン屋になろうと思ったんだ、ってな」

「それで、蘭子さんはなんて？」

「そしたらな、蘭子の奴、自分の荷物から絵本だかマンガだかを取り出して、こう言いやがったんだ」

銀次は当時を思い出すかのように、フッと微笑《ほほえ》んだ。

「この本に出てくる妖精が作っているみたいなパンを作りたいってな」

「……『それゆけナノハナベーカリー』……」

厨房のシャワールームにあった、レシピ本に混じった一冊を思い浮かべながら、マスミは呟《つぶや》いた。

「そうそう。確かそんな題名だったな。なんだ、お前さんも蘭子から聞いてたのかい？」

「えっと……そういうわけでもないんですけど、お店に本が置いてあったんで」

「ああ。なるほどな」

銀次は納得したように頷いた。

「とにかく、それを聞いてオイラは蘭子に言ったんだ。一度、学校で教わったことも、オイラから教わったことも忘れて、ただその本に出てくる妖精を真似《まね》して、パンを作ってみなってな」

銀次はそこで、愉快そうに苦笑する。

「さすがのオイラも、その本の妖精が服を着てないから、なんつー理由で、裸でパンを作り始めるとまでは予想してなかったけどよ」

「あの裸エプロンって、そんな理由だったたんですか！」

マスミは記憶を探り、『それゆけナノハナベーカリー』に出てくる妖精……『ナノ』がどんな格好をしていたかを思い出す。

今で言う『ゆるキャラ』のような二頭身のデザインで、言われてみれば服を着ているところは描かれていなかったような気がする。

でもあれは、簡単で描きやすいデザインではあったけど、決して『裸でパンを作っているみたいで面白い』という狙いはなかったように思うけど……

マスミも同じマンガを読んで、同じキャラを見てきたはずなのに、与えられた印象、抱いた感想はここまで変わってくるのかと、驚きを通り越して感心までした。

「ともあれ、それで蘭子も納得するパンができたもんで、『裸でパン作り』っつう妙なスタイルになっちまったわけだが……大事なのは、他人から見たらみょうちきりんな作り方でも、それが蘭子のやりてえパンの作り方だったたってえことだ」

銀次は盛り上がった胸筋の前で腕を組んで、言葉を続けた。

「その、なんとかっつう妖精みたいなパン屋ってのが、蘭子の夢だったってことだな」

「蘭子さんの夢……」

「おうよ。夢だ」

話しながらも、銀次は歩き続けている。そろそろ海水浴場が見えてきた。

「好きで、楽しくて、やりがいがあって、自分の性に合っていて、結果を出せていたとしても、それが夢だとは限らねえ。オレにとってのボディビルが、生き甲斐であっても夢じゃあねえみたいにな」

今やマスミは、前をどんどん歩いていく銀次の背中を、ただ追いかけていた。

「嫌になって、辛《つら》くて、面倒くさくて、上手《うま》くいくか分からなくって、何度失敗したとしても。それでも、そいつがやりたいことを、夢っていうんだ」

二人の目の前が開けると、そこには砂浜が、そして海が広がっていた。

「オイラの夢は、自分のパン屋で美味《うめ》えパンを作ることだ。蘭子の夢は、妖精みたいなパン屋だ」

舗道から、砂浜に降りた銀次は、夏祭りの特設ステージの前に立つと、マスミのほうを振り向いた。

「蘭子のパン屋を手伝うことが、お前さんの夢なのかい？」

「……」

「と、着いちまったな、ステージ。案内、ありがとよ。付き合わせちまって悪かったな」

押し黙るマスミに向かって、銀次はにかっと笑った。

「ここまで案内してくれた礼と言っちゃあなんだが、今夜は知則たちのところにゃあ行かなくてもいいぞ。お前さんの代わりに、オイラが手伝っとくからよ」

銀次はくるりと回れ右すると、元来た道へと引き返していった。

「じゃあ、またな。帰りはオイラ一人で平気だぜ」

「ぎ、銀次さん！」

「お前さんは、お前さんのやりたいことを、してくるといい」

今度は振り返らず、手を振りながら去っていく銀次。

夕日を受け止めて、真っ赤に焼けた鉄のように輝く銀次の背中を見つめたまま、

「私の夢……私の、やりたいこと……」

海を背にして、マスミは一人、砂浜に立ち尽くした。

「あ、マスミちゃん、おかえり。……あれ、一人？　先生は？」

マスミが厨房に戻ると、裸エプロンの蘭子が、明日のパンの仕込みをしていた。

今夜の分のヒトデニッシュが見当たらないのは、マスミと銀次がいない間に、愛か知則が来て持っていったのだろう。

「……銀次さんは、愛さんたちのところに行きました。案内のお礼に、今夜は私の代わりに露店の手伝いをしてきてくれるそうで」

「そっか。先生らしいなぁ」

そう言って微笑む蘭子に、マスミはぎこちなく笑い返した。

「じゃあマスミちゃん、今日はお祭りを見て回るの？」

「あの……それなんですけど……実は蘭子さんにお願いがあって」

「私に？　何？」

首を傾げる蘭子に、マスミは意を決して告げる。

「私、パンを作ってみたいんです」

「パンを？」

不思議そうな表情を浮かべる蘭子に、マスミは焦ったように言葉を続ける。

「あ、えっと、つまり……ちょっと新しいパンのアイディアを思いついたんです。それで今夜はせっかく時間もあることですし、私が自分の手で作ってみたいなぁ、とか思ったりしたんですけど……だ、ダメですかね？」

徐々にマスミの声が小さくなる。身を縮こまらせるマスミに、蘭子は優しく微笑んだ。

「ううん、全然そんなことないよ！　むしろ大歓迎！」

「本当ですか！」

「それじゃあ、私が教えるから、一緒に作ってみよっか」

「あ、ありがとうございます！」

「それで、どんなパンを作ってみたいの？」

「えーとですね……」

マスミは自分の思い描くパンのイメージを、ふわふわとした言葉を並べて、マスミに伝えようとする。

「……っていうパンなんですけど。できますか？」

「うん。そんなに難しくないから、マスミちゃんでもできると思う」

言いながら、蘭子は冷蔵庫からボールに入ったパンの生地を取り出した。

「とりあえず試作品ってことで、この生地で作ってみようか。マスミちゃん、手を洗ってきてね」

「はい！」

こうして、マスミの初めてのパン作りが始まった。

蘭子の教え方は、素人のマスミにも、かなり分かりやすいものだった。

「まずは生地を分割するね。分割したら生地を丸めるよ」

「丸めた生地を休ませてる間、フィリングを用意しとこうか」

「私、ちょっとシャワー浴びてくるから」

「うん、もう成形しても大丈夫だね」

「そうそう。肉まんみたいに包んじゃって」

「先っちょのほうを下にして鉄板に置けば、ほら、真ん丸になるでしょ」

「焼き色は付けたくない？　白いパンにしたいの？　うん。できるよー」

「ふぅ。さっぱりした。マスミちゃんはシャワー浴びなくていい？」

「うん。二次発酵もできたね。それじゃあオーブンに入れてみようか」

「白いパンにしたいときは、最初はオーブンの蓋《ふた》を開けておくの」

「様子みて、閉めたり開けたりするからね」

マスミは蘭子に言われるがまま、パン生地を丸めたり、クリームを包んだり、オーブンから鉄板を取り出したりと、懸命に作業に取り組んだ。

そして……


「で、できた！」

熱い鉄板の上には、マスミが最初にイメージしていたような、真っ白で丸いパンが並んでいた。

「うん。上出来だよ！」

「……でも、ちょっと失敗しちゃいましたね」

いくつかのパンが破れ、中身のカスタードクリームが飛び出したりしているのを見て、マスミは顔を曇らせる。

「最初から失敗しなかったら、パン屋さんの立場がないもん。これだけ上手にできたら大したもんだよ、マスミちゃん」

「そ、そうですかね」

蘭子に褒《ほ》められ、マスミは満更でもなさそうにはにかんだ。

「でもマスミちゃん、本当にこれでよかったの？　これだと、白くて丸い以外は、普通のクリームパンだけど……」

「あ、そうでした。仕上げをしないと」

「仕上げ？」

マスミは帰り道であらかじめ買っておいたチョコペンを持ってくると、比較的綺麗な形に焼けているパンの一つを手に取った。

「こうして、こうして……これで完成です！」

「あ！」

マスミが仕上げたパンを見て、蘭子は口に手を当てた。

白くて丸いパンの上に現れたのは、簡単な線で描かれた顔だった。蘭子もよく見覚えのあるデザインだ。

「これ、『クラーリー』君だね！」

そう。それは、マスミがデザインした海月ベーカリーのマスコットキャラクター……エプロンや店内のポップにも描かれているクラゲの『クラーリー』、そのものだった。

「これ、いいよ、マスミちゃん！　可愛《かわい》い！」

はしゃぐ蘭子の姿を見て、マスミも嬉しそうに笑った。

「実は前からアイディアはあったんですけど、忙しかったからなかなか言い出せなくって……」

「もっと早く言ってよ！　これならすぐにお店に並べられそうだよ」

マスミは手にしたパンを、蘭子に向かって差し出した。

「それじゃあ、蘭子さん。本当にこれがお店に相応《ふさわ》しいかどうか、試食をお願いします」

「え、私が先に食べていいの？」

意外そうな蘭子に、マスミは真剣な表情で頷いた。

「店長は蘭子さんですし、海月ベーカリーは蘭子さんのお店です。もしもこのパンをお店に並べてくれるっていうんなら、蘭子さんに認めてもらったパンじゃないと」

「……分かった。じゃあ、いただくね」

マスミの手から丸いパンを受け取った蘭子は、パクリと一口かぶりついた。

「ん！」

白くてふわふわと柔らかな生地が、同じくらい柔らかそうな蘭子の口の中へと消えていく。

溢《あふ》れ出たカスタードクリームと、『クラーリー』の顔を描いていたチョコが唇に付いたため、蘭子はぺろりと舌を出して舐《な》め取った。

チョコペンの味はビターだから、ほんの少しの苦みがいいアクセントになっているはずだ。

パンを頬張《ほおば》る蘭子の顔は幸せそうにほころんでいた。

「……」

蘭子が夢中になってパンを食べ切る様子を、マスミは静かに見つめていた。

「ん～……これ美味しいよ、マスミちゃん！」

「そうですか……ちゃんと、妖精が作ったみたいなパンになってますかね？」

「え？」

その言葉に、蘭子は一瞬きょとんとなるが、すぐに意味を悟ったのか照れくさそうに笑った。

「やだ、もー！　マスミちゃんったら、先生から聞いたの？」

「ええ、まあ……それで、どうでしょうか？　このパンは、蘭子さんのお店に、『海月ベーカリー』に出しても大丈夫でしょうか？」

「んー、とね……」

執拗《しつよう》に確認してくるマスミに、蘭子は自分の唇を指さしてみせた。

「マスミちゃん、私の口、見てみて」

「……」

言われるがままに、マスミは蘭子の口をじっと見つめた。

口の周りは白っぽいクリームでべたべたになっているが、蘭子の薄い唇は、海に映る月のような笑みを浮かべている。

「私、笑ってるでしょ？」

「はい」

「これはね、このパンが美味しくて、自然に笑顔になっちゃってるんだよ」

穏やかな声で、蘭子は続ける。

「あの本に出てくる妖精のパン……『ナノ』のパンはね、食べたら思わず笑顔になっちゃうぐらい、美味しいパンなんだって」

「……」

「私、そんなパンを作りたかったんだ。パンを食べたお客さんが、みんな笑顔になってくれる、そんなパン屋さんになりたかった」

厨房の壁のほう、その向こう側のパン屋……『海月ベーカリー』へと視線を向けて、蘭子は感慨深げにそう言った。

「だから、私の笑顔が保証するよ。マスミちゃんが作ってくれたこのパンも、全然大丈夫。ううん、むしろぜひ海月ベーカリーに並べさせてください」

「……それは、良かったです」

自分が今までやってきたことが、パン屋の客を増やすためにしてきた奮闘が、蘭子の夢の手助けになっていたのなら……

そして今日、自分が作ったパンが、蘭子のパンと一緒に並ぶというのなら……

こんな自分でも蘭子の夢の力になれたと、胸を張って言うことができる。

これでもう、悔いはない。

「じゃあ、パンの名前を決めないとね。やっぱり『クラーリーパン』？」

そんなマスミの様子に気付かずに、鉄板に並ぶパンを見ながら、蘭子は楽しげに話し続ける。

「……中身がクリームですから、『クラーリームパン』なんてどうですか」

「なるほど！　だからフィリングをクリームにしたいって言ったんだ！」

マスミのネーミングに、蘭子は愉快そうに手を叩《たた》いた。

「やっぱりマスミちゃんはセンスあるよねー」

「そんなことは……」

「よし。それじゃあ後は、ポップを描いて、値段を決めて……」

盛り上がり、色々と準備を始めた蘭子を見つめるマスミ。

エプロンしか身に着けていないため、肌色の背中とお尻が丸見えなのだが、今ではマスミに見られても、すっかり気にしなくなっているようだ。

だがそれは決して、蘭子にとって、マスミ一人が特別だからというわけでもない。

愛や銀次がそうであるように、蘭子が裸エプロンを見られて構わない相手とは、『裸でのパン作り』というスタイルの理解者にほかならない。

マスミは今日、その裸エプロンの原点が、蘭子の夢だと知った。知ってしまった。

だから、マスミは、今ここで言わなくてはならなかった。

「あの……蘭子さん」

「ん、なぁに？」

「実は私……しばらくパン屋の仕事を、お休みさせてほしいんです」

第五話　それゆけ、はだかのパン屋さん

あちこち探《さが》し回《まわ》り、『花《ハナ》』はようやく、『ナノ』を見《み》つけました。

「……なんの用《よう》なの」

「わたくしが作りました。どうぞ召《め》し上《あ》がってみてください」

『花《ハナ》』が差《さ》し出《だ》したパンを見《み》て、『ナノ』は驚《おどろ》きました。

「人間《にんげん》、お前《まえ》……四《よっ》つのパンをくっつけて、一《ひと》つのパンにしたの？」

「ええ。中身《なかみ》は、クリーム、チョコ、あんこ、それにジャムですわ」

「でも、それじゃあ四色《よんしょく》パンになっちゃうの」

「いいえ。チョコとあんこは同《おな》じ黒《くろ》なのでしょう？　だから、これも『三色《さんしょく》パン』ですわ」

微笑《ほほえ》む『花《ハナ》』に見《み》つめられ、ナノはそのパンを一口《ひとくち》、かじりました。

「……まあまあなの。でもナノなら、もっと美味《おい》しく作《つく》れるの」

「そこまで言《い》うのでしたら、ご自分《じぶん》で作《つく》ってくださいませんか？」

「しょうがないの。まったく世話《せわ》の焼《や》ける人間《にんげん》なの」

『ナノ』はパンを口《くち》に押《お》し込《こ》みながら、『花《ハナ》』の肩《かた》にぴょんと跳《と》び乗《の》りました。

「……がとうなの」

「あら。何《なに》か、おっしゃいましたか？」

「別《べつ》に、なの」

こうして『四《よっ》つの味《あじ》の三色《さんしょく》パン』は、ナノハナベーカリーの新《あたら》しい名物《めいぶつ》になったのです。


『それゆけナノハナベーカリー　第十二話より』


八月に入り、いよいよ暑さも本格的になってきた頃。

海月《くらげ》ベーカリーは、それでもどうにか、売り上げを維持していた。

増えた海水浴客が、パンの匂いに誘われて、朝食に『クラゲッサン』を、あるいは昼食に『鰹《かつお》カツサンド』を買っていくおかげというのもあるが……

夏休み中の子どもがパン屋を訪れ、可愛《かわい》い顔の描かれたクリームパンを食べてみたいと言い出す。

母親は、ついでにほかのパンもいくつか一緒に買っていく。

食べてみると、思っていた以上にパンが美味《おい》しいし、子どもも喜ぶ。

そこでまたパンを買いにくる。子どもが欲しがるので、再びクリームパンも買っていく。

そのクリームパン、『クラーリームパン』を考えた人間が、そこまで狙っていたかどうかは不明だが。

これが、今でも海月ベーカリーが赤字にならずに済んでいる大きな理由の一つだった。

『接客が上手で、仕事熱心の可愛い店員さん』がいなくなり、『何か怪しい黒っぽい格好の口下手《くちべた》な人』がレジに立つことが多くなって、一部の男性客はあからさまにガッカリしたりもしていたのだが……

それでもこのまま行けば、海月ベーカリーは、今年の夏を無事に乗り切ることができそうだった。

「……あ、こ、こちら、商品に、なります……」

カウンターの蘭子《らんこ》からパンを受け取ったのは、一人の制服警官……犬丸《いぬまる》ではなく、やや年配の警察官だった。

「ありがとう。最近は買ってこなくなったんだが、前に犬丸の奴《やつ》に貰ったパンの味が忘れられなくてね。また買いにこさせてもらうよ」

微笑む警察官に、蘭子は途切れ途切れで対応する。

「あ、あ……ありがとう、ございます……」

その警察官も店から出ていき、蘭子は「ふい〜」と、客のいなくなった店内で大きく息を吐いた。

マスミがどれほどパン屋に貢献していてくれたかを、蘭子は痛いほど実感していた。

「……マスミちゃん……今頃、頑張っているかな……」

蘭子は目を閉じて、数週間前の夜のことを思い出した。


突然の休職宣言に、驚き、混乱する蘭子に対して、マスミは説明を続けた。

専門学校を通じ、今まで描いたマンガを、出版社の人間に見てもらっていたこと。

そのうち一社の編集部から、マスミの作品を気に入ったと連絡があったこと。

新作が完成したら、今度の新人賞に応募してみないかと言われたこと。

その応募締め切りが、かなり近いということ。

マスミは卒業した後、パン屋にかかりきりだったため、新しいマンガは全くできていない。ほとんどゼロから描かなければならないことを考えると、すぐに描き始めても間に合うかどうかギリギリの微妙なラインだった。

少なくとも、今までのようにパン屋で働いていては、確実に間に合わない。

「そ、それなら、出勤する日を減らすとかでもいいんじゃないかな」

何も長期休暇を取らなくても、と言う蘭子に、マスミは真剣な表情で答えた。

「確かに、ただ締め切りに間に合わせるだけなら、それでいいかもしれませんが……せっかくのチャンスですから、自分でも納得のいくものを、今までで一番のマンガを描けるよう、頑張ってみたいんです」

そう言うと、マスミは厨房《ちゅうぼう》の床に膝をついた。

「ワガママ言って、本当にすみません！　でも、マンガ家になるのは、私の夢なんです！　後悔のないよう、全力でやってみたいんです！」

床に額がぶつかりそうなぐらい勢いよく、マスミは頭を下げた。

約二か月ぶりのマスミの土下座……全裸ではないが、真剣さでは以前に負けていないくらい、心のこもった土下座だった。

「マスミちゃん……」

顔を上げたマスミは、蘭子の目をまっすぐ見つめて、言う。

「マンガが完成したら、きっと戻ってきますから……夏祭りが終わったら、しばらくお休みさせてください！　蘭子さん、お願いします！」

「……」

マスミに頼み込まれた蘭子は悩んだ末、最終的に、ゆっくりと頷《うなず》いたのだった。


その翌日の『どっこい夏祭り』三日目では、マスミだけでなく蘭子もセイレーンの露店の手伝いをしたり、ボディビル大会でマッチョ老人の銀次《ぎんじ》とマッチョ魚屋の小山内《おさない》と金髪のマッチョ外国人が三《み》つ巴《どもえ》の接戦を繰り広げたり、マスミの性別を知った犬丸巡査がその場で崩れ落ちたり、それを聞いた魚屋の娘が踊り出したり、と結構いろんなことがあったりしたのだが……

夏祭りが終わると、宣言どおり、マスミはぱったりとお店に来なくなった。

マスミが休みを取った直後、自ら接客する自信がとてもなかった蘭子は、銀次のパン屋と同じように、店自体を夏休みにしようかとも考えたのだが……

この噂《うわさ》を聞くや否や、パン屋に怒鳴り込んできた人物がいたのだ。

「ちょっとアンタ！　しばらく休むってどういうことだよ！」

「あ……か、叶《かなえ》さん……」

その人物は、魚屋『魚渦《うおうず》』の一人娘、小山内叶だった。

「情けないじゃないか！　看板娘……いや、実は男だったらしいから看板息子？　まあ、どっちでもいいけど、従業員が一人、夏休みを取っただけだろ！　それで店ごと長期休暇に入ろうだなんて、アンタ、それでも責任者かい！」

店内の椅子に座り込んでいた蘭子は、叶の言葉に俯《うつむ》いた。

「……で、でも……私はずっとパンを作っていただけで、お店のことはマスミちゃんがしてくれてたから……」

「かーっ！　だったらほかに人を雇うなり、誰かに手伝ってもらえば済む話だろう！」

興奮した叶は、座っている蘭子の顔の前に、自分の顔をぐいっと突き出した。

「それとも何かい？　あたしに啖呵《たんか》まで切ったっていうのに、アンタのパンに懸ける気持ちってーのは、その程度のもんだったのかい！」

「……そ、それ、は……」

「うちに魚を買いにきたときの、うまいパンを作って、皆に食わせたかったたっていう気持ちが嘘《うそ》だったっつーんなら、パン屋なんてとっととやめちまいな！」

「……」

若干涙ぐんでいる叶の叫びを、蘭子は嚙《か》みしめるように、受け止めた。

美味しいパンを作りたい。皆に食べてもらいたい。

その気持ちだけは。


「嘘じゃないです」


蘭子がきっぱりと言い切ると、叶はごしごしと自分の目元をこすった。

「だったら、情けないこと、言ってんじゃねーよ」

「はい。すみませんでした。ありがとうございます。叶さん」

「……さん、はいらねえよ」

叶が口の端を持ち上げた直後、

「なんだ。もう解決しちまったのかよ」

パン屋の入口のほうから声がした。

蘭子と叶が振り向くと、いつの間に来ていたのか、パン屋の入口には愛《まな》と銀次が立っていた。

「どうもオレらは出遅れたみたいだな」

「ダッハッハ！　いい友達を持ったじゃあねえか、蘭子」

銀次の言葉に、叶の耳が茹《ゆ》でたエビのように赤くなる。

「なっ、あたしは別に、その、せっかくの鰹を無駄にされたくなかっただけで……」

「はいはい。そういうことにしといてやるよ」

店内に足を踏み入れた愛は、むきになって否定する叶の額を指で押さえて、蘭子と話を続ける。

「ま、蘭子がちゃんと店を開けるつもりなら、話は早いぜ。セイレーンを抜けられるときは、オレも手伝いに来るしよ。銀次さんも、しばらくこっちにいられるんだろう？」

「おうよ。毎日たぁいかねえが、開店している間はなるべくオイラが厨房に入ってやらあ。蘭子、お前さんはレジに立ってみな。これも修行の一環ってやつだ」

「愛……先生……」

親友と師匠の言葉に、蘭子は瞳を潤《うる》ませた。

「それにあれだけのことを言ったんだ。アンタも当然、手伝ってくれるつもりなんだろ？」

「うぐっ」

愛に話を振られた叶は、顔をますます赤くしながら、

「……店をお父ちゃんに任せられるときは、ここに来て、あたしが客商売ってやつを教えてあげるわよ」

「叶ちゃん……！」

「わっ！　こら抱きつくな！　あたしにそんな趣味はない！」

感極まって抱きつく蘭子に、叶はじたばた暴れるが、柔道のテクニックを使ってガッチリと摑《つか》んでいるため、逃げられるはずもなく……。

かくして周囲の人間からのサポートを受けて、海月ベーカリーはマスミ抜きでも、営業を続けることができているのだった。

とはいえ、叶にも愛にも、自分の店がある。今日は二人とも来ていなかった。

銀次は厨房にいるものの、この数週間で蘭子も大分慣れてきたということで、彼女は一人、接客に立っていた。

年配警官が去って数分後、再びパン屋のドアが開き、蘭子は不器用な笑顔を浮かべる。

「いらっ……しゃ……ま……」

蘭子の笑みが、固まった。

ニコニコと笑いながら、店の中に入ってきたのは、大柄な男性だった。

男性の一人客というだけなら、今までもたまにいたのだが……

丸太のような腕に、がっしりとした肩幅に、そして金髪。

その客は、アクション映画の主人公のように体格のいい、外国人の男性だった。

（えぇぇぇぇぇ）

外国人の客が訪れたのは、オープン以来初めてだ。よりにもよって、それがどうして、自分一人で接客に挑戦しているタイミングなのか、と動揺しまくる蘭子。

ダッシュで厨房に行って、銀次を呼んでこようかと思う蘭子だったが、それより早く金髪男性が口を開いた。

「ハロー」

「……あ、あ、あい、きゃんのっと……すぴーく、い、い、いんぐりっしゅ……」

見ていてかわいそうになるぐらいおろおろしながら、たどたどしい返事を返す蘭子

に、

「あ、大丈夫ですー。自分、日本語喋《しゃべ》れますんで」

とその男性は若干イントネーションに癖があるものの、流暢《りゅうちょう》な日本語でそう言った。

「……よ、よかったぁ……」

安心のあまり蘭子が思わずカウンターに突っ伏したのを見て、金髪の男は笑いながら、

「でも自分、関西のほうで言葉を覚えたもんで。喋り方、おかしくないでっしゃろか？」

「……お、おかしく、ないです……」

「ほんならよかった。ところで海月ベーカリーの店長さん……えーと、越前《えちぜん》蘭子さんっていうのは、あなたで合ってますやろか？」

「……え、は、はい……ここの店長は、わ、私ですけど……」

「さいでっか。よかった」

頷く蘭子に、金髪男性は笑顔を浮かべ、自分の胸に親指を突き付けた。

「あの、越前さん。自分の顔、見覚えありませんか？」

問われて蘭子は困惑する。

蘭子は、自分の交友関係がとても狭いことを自覚している。だからこんな濃いキャラクターの人間が知り合いにいた場合、忘れるはずがないのだが……

「……あ」

「思い出してくだはりましたか？」

「えっと……ボディビル大会に出ていた人、ですか？」

夏祭りのボディビル大会で決勝に残っていたのは、三人。

蘭子の師匠である湊《みなと》銀次と、叶の父である小山内満《みつる》、そしてもう一人が確かこの外国人男性だったはずだ。

しかし蘭子の言葉に、彼は苦笑した。

「そっちですか。いや、あれも自分で間違いありまへんけど。今日は、どっこい商店街の振興組合の組合長として、伺わせてもろうたんですわ」

「……く、組合長さん？」

言われてみれば、パン屋をオープンした時に、愛に連れられるがまま、そんな団体のところに一言だけ挨拶《あいさつ》に行ったような……

しかし正直、その時期は開店準備の忙しさにてんてこ舞いになっていた頃だったので、どんな人が組合長だったのか、蘭子は全然思い出せなかった。

「はいな。駅前のほうでタコヤキ屋やらせてもろうてます。山手《やまて》ハリー言いますねん。あ、名字は日本人のヨメさんのもんです。自分、お婿さんやさかい」

改めて、ぺこりと頭を下げる外国人男性……ハリーに、蘭子も慌《あわ》てて背筋を伸ばした。

「……え、越前、蘭子です……い、いつも、お世話になって、ます」

蘭子の記憶では、振興組合は夏祭りの主催だけでなく、商店街の掃除や、子ども会の互助活動、その他小さなイベントも率先して行っていたはずだ。粗相があってはならないと、彼女は姿勢を正した。

「まあまあ、そう固くならんといてください。同じ商店街の仲間なんですから」

そしてハリーは、店内をぐるりと見回すと、ひときわ目立つ位置に並べられたパンに目を止めた。

「これが噂のクラゲのクリームパンですか？」

「え、えっと、はい……」

「なんや最近、子どもに大分人気みたいやないですか。自分ちも娘が言うてはりましたわ。クラゲのクリームパンが食べたいって」

「あ、ありがとうございます……あの、正確には、『クラーリームパン』って、言うんですけど……」

今頃頑張ってマンガを描いているだろう名付け親のマスミのために、蘭子はおずおずと訂正した。ハリーがくるりと振り向く。

「あ、す、すいませんすいません……好きなように呼んでください……」

ハリーが気を悪くしたのかと思い、蘭子は首を引っ込めてぷるぷる震えた。

「いやいや。こちらこそすんません。『クラーリームパン』ですね。いい名前やないですか」

「……あ、ありがとうございます……」

名前を褒《ほ》められて、蘭子は顔を綻《ほころ》ばせた。ハリーはこほんと咳払《せきばら》いをして、話を続ける。

「それでですな、越前さん。さっきも言いましたけど、このパン、子どもに人気がありまっしゃろ?」

「あ、はい……おかげさまで……」

ハリーが何を言いたいのかよく分からないまま、蘭子は曖昧《あいまい》に頷いた。

「ですやろ? 自分ちの娘も、作るなら絶対、ここのクラゲのクリームパン……『クラーリームパン』がいいって言うてましてなぁ」

「はぁ……作る?」

「さいですねん。海月ベーカリーさんに、是非とも、お願いしたいんですわ」

首を傾《かし》げる蘭子に、ハリーは大きく頷いた。

「小学生のための『夏休みパン作り教室』を」


「で、引き受けちゃったわけ？」

「……うん……断れなかったの……」

その日の営業終了後。

蘭子と、銀次、愛、叶の『海月ベーカリー』ヘルプメンバーは、喫茶セイレーンに集合していた。カウンター席の裏の調理場では、知則がカップを拭いている。

蘭子から話を聞いた叶は、呆《あき》れた顔で言葉を続ける。

「ただでさえ、今は綱渡りみたいな営業しているのに、大丈夫なの？　子どもの相手って大変なのよ。小学生相手にパンの作り方なんて教えるなんて、蘭子にできるの？」

「……うぐう……全然自信ない……」

「ほらー」

「まあまあ。オーケーしちゃったってんなら、今更うだうだ言ってもしょうがないだろう」

　責めるような叶と縮こまる蘭子との間に、愛が割って入る。

「多分子ども会が商店街で軽く宣伝するぐらいだろうし、夏祭りと違って、そんなたくさんの参加者は来ないだろ。たしか『クラーリームパン』の作り方って、大して難しくはねえんだよな」

「……うん……生地を、私が捏《こ》ねておいて、カスタードクリームもあらかじめ用意しておけば……あとは、分割して、丸めて、包んで、焼く、ぐらいかな……」

　マスミに作り方を教えた夜を思い出しながら、蘭子は言った。

「それならオレらがサポートすれば、なんとかなるだろう」

「まったくもうー。世話が焼けるんだから」

　叶の台詞《せりふ》に、蘭子がますます萎縮する。

「うう……いつもいつも、すいません……」

「それは言わない約束だろ」

　かわいそうなくらい申しわけなさそうな顔をする蘭子に、愛は苦笑した。

「んで、一体いつやるってぇんだ？　その『夏休みパン作り教室』ってのはよ」

　それまで黙って事の成り行きを見守っていた銀次が、蘭子に尋ねた。

「えっと、来週の水曜日、だそうです」

「え、来週の……」

「水曜日だと？」

眉《まゆ》をひそめて繰り返したのは、叶と銀次の二人だった。

「ん？　もしかして二人とも、都合が悪いのか？」

愛に振り向かれた叶は、困った顔で、

「その日だけはどーしても行きたい用事があるから店番を頼むって、お父ちゃんに頼まれててさあ。水曜はパン屋も定休日だし、あたしも問題ないって言っちゃったのよ」

その言葉に、銀次がぴくりと眉を跳ね上げた。

「ん？　ちょいと訊《き》きてえんだが、お嬢《じょう》ちゃんとこの親父さんは、先月、夏祭りのボディビル大会に出てたよな？」

「確かに出てたけど……それがどうかした？」

叶に訊き返された銀次は、大きく息を吐いた。

「それじゃあきっと、用事ってえのは、オイラと同じだな」

「……まさか」

「ああ」

一同の注目が集まる中、むんとポージングを取った銀次の筋肉が盛り上がった。

「その日は、隣町でボディビル大会がある！　もちろんオイラもそれに出場する！」

「……」

「……」

「……」

言葉を失くす女性陣を尻目に、銀次は嬉《うれ》しそうに自分の筋肉に語りかける。

「まさか、あの強敵とこんなに早く再戦できるたぁなぁ……筋肉たちも悦《よろこ》んでやがるぜ……」

「……って、ちょっと。それじゃあ、あたしも師匠のじいさんも、パン作り教室の手伝いには行けないじゃない」

慌てた叶が、蘭子に振り向いた。

「今更断れないにしても、ほかの日にずらせないの？」

「それが、鋸蔦《のこった》公民館の調理室を、もう予約しちゃったみたいで……夏休み中はいろんな団体が使うらしく、ほかの日は無理だって」

「そう、困ったわね……」

顔を曇らせる叶、蘭子とは対照的に、愛があっけらかんとした表情で、

「大丈夫大丈夫。ガキどもの相手ぐらい、オレがいればなんとかなるさ。大人がゾロゾロいくもんじゃないって」

言って、愛はカウンターの中の夫を振り向いた。

「つーわけだから、知則さん。その日はセイレーンのほう、一人でも大丈夫かい？」

「はい。愛さんは安心して、蘭子さんのお手伝いをしてあげてください」

拭き終わったカップを並べ、知則は微笑んで頷いた。

「……分かった。それじゃあ、任せたからね」

「すまねえな。頼むぜ、愛ちゃん」

叶は若干心配そうに、銀次は少し申しわけなさそうに、愛に向かって言った。

蘭子も不安そうな表情のまま、愛の手を取った。

「……よろしくね、愛……」

皆の言葉を受けて、愛は快活に笑う。

「おう！　大船に乗った気でいてくれよな」

「……来られない？」

小学生のための『夏休みパン作り教室』、当日。

蘭子は、朝から海月ベーカリーと公民館を往復し、調理器具やら食材やらを調理室に運び込んでいた。

猫の形をした鋸蔦町の、おなか辺り……鋸蔦公民館の前で、いつまで経《た》っても現れない愛に不安を覚え始めた頃、ケータイに着信が入り、慌てて出た蘭子に告げられたのは、予想しうる最悪の連絡だった。

ぐらりとその場に崩れ落ちそうになる蘭子だったが、なんとかケータイを握り締め、取り落とさないように耳に当てる。

「おい、蘭子！　蘭子！　大丈夫か！」

「だ、大丈夫、じゃない……」

「だよな！　すまん！　本当にすまん！」

電話の向こうで平謝りする愛に、蘭子は気力を振り絞って訊き返す。

「い、一体、何があったの……？　そっちこそ、大丈夫……？」

誰よりも付き合いの長い蘭子は、責任感の強い親友が、つまらない理由で自分との約束をすっぽかしたりしないことを知っている。きっとよほどの緊急事態があったに違いない。

「えーと……ちょっと言いづらいんだけどよ……」

訊かれた愛は珍しく少し言い淀んでから、言葉を続ける。


「オレ、妊娠してたみたいなんだよね」


「……本当に？」

「マジマジ。大マジ。今、二か月だって」

「……なんていうか……その、お、おめでとうございます」

なんと言っていいか分からなかったが、とにかく蘭子は祝福する。

「おう。ありがとう。わりいな、お前にはこんな形じゃなくって、もっとちゃんと報告したかったんだけどよ」

「それはいいんだけど……でも、それじゃあ、安静にしてないといけないから来られないってこと？」

心配そうに言う蘭子に、愛はどこか困ったような声で答える。

「いや～、今んとこ母子ともに健康だから、激しい運動なんかをしたりするんじゃあなきゃあ外出も問題ねえんだけどよお」

「じゃあ、どうして?」

聞かれた愛は言いづらそうに、

「……妊娠のこと、まずは誰よりも先に、知則さんに報告したんだけどさ」

「うん」

「知則さん、驚きすぎて、階段から転げ落ちた」

「ええっ!」

「二階で報告するんじゃあなかったぜ。まさかあそこまでビックリするとは、オレも思わなくてよ」

冷静沈着を絵に描いたような知則ではあるが、蘭子は先ほど自分が受けた衝撃を思い出しながら、(まあ、でも、そりゃあ驚くよね)と考えていた。

「だ、大丈夫だったの?」

「……こっちは大丈夫じゃなかったんだよ」

電話の向こうで、愛がため息をついた。

「今病院にいるんだけどよぉ、両足にヒビが入っちまってるみたいなんだ。医者は安静にしてりゃあ直《じき》にくっつくから、入院の必要はねえって言うんだが、今はオレが支えねえと歩けもしねえんだわ」

「大変じゃない！」

「そうなんだよ。本人は、自分はいいから公民館に行けって言ってるんだけどよ、さすがにこの状態で放っておくわけにはいかねえしよ。銀次さんは朝の早いうちから隣町に出掛けちまって、連絡つかねえし」

　愛は再びため息をついて、話を続けた。

「それでな、今もまだ、知則さんの検査が終わってねえんだよ。頭とか打ってるかもしれねえし、脳波とか色々な。んで、全部終わってから、知則さんを家に送り届けて、そっちに向かうとしても、まだあと三時間ぐらいはかかりそうでさあ」

「さ、さんじかん……」

　あと三十分ぐらいでパン作り教室に参加する小学生たちがやってくる。

　予定では、始めてから二時間半ぐらいでパンが焼き終わるはずなので、愛が来たとしても終了間際になってしまう。

「……」

　黙ってしまった蘭子に、電話の向こうの愛が心配そうに言う。

「……やっぱ知則さんのことは病院の人に頼んで、今からでも向かおうか？　開始時間には間に合わないだろうけど、タクシーを飛ばせば……」

「……ううん」

愛の言葉を遮《さえぎ》って。

「愛は、知則さんの側に、いてあげて。パン教室、私、一人でやるから」

蘭子はきっぱり、そう言った。

「だ、だけどよ」

「平気だって。小学生の相手ぐらい。接客の練習だってしたんだし」

蘭子は無理やり笑ってみせた。

「それじゃあ、知則さんのこと、よろしくね。あ、愛も妊婦さんなんだから、体に気を付けてね」

「あ、おい！　蘭子、ちょっと待……」

なおも何か言おうとする愛の言葉を待たず、蘭子は通話を切った。

これ以上話していると、また親友に頼ってしまいそうだったから。

(大丈夫。私は一人でも大丈夫)

蘭子は自分にそう言い聞かせると、公民館に入っていった。

その顔は、まるで戦場に向かう戦士のようだった。

けれども、彼女の膝は、微《かす》かに震えていた……


告知されていた期間が短かったため、予想どおり『夏休みパン作り教室』の参加者はそれほど多くなかった。たったの六人である。

「ちぇっ。なんだよ。もっと女子がいっぱいいるかと思ったのに」

「ぼく、ピザみたいに大きいクリームパン、作るんだー」

「……」

「ねえねえみてみて！　おっきいオーブン！」

「ほんとうだ！　ピカピカでカガミみたいだね！」

「ほら。大人しくしてろって」

たかが六人。されど六人だ。

今から二時間以上、この六人の相手を自分一人でしなければならないかと思うと、蘭子は逃げ出したくなってきた。

Tシャツとスカートの上にお店のエプロンを装着してきた蘭子は、正面の調理台に立ち、気力を振り絞り、イワシの群れのように落ち着きのない子どもたちに引きつった笑顔を向けた。

「……きょ、今日は皆で一緒に『クラーリームパン』を作ります……よ、よろしく、お願いします」

バラバラに「はーい」とか「お願いしまーす」という返事が返ってくる中、男の子の一人が隣の子に「おい、あのお姉ちゃん、おっぱい大きいな」と言っていた。本人は小声で言ったつもりなのかもしれないが、さして広くもない調理室、蘭子に丸聞こえだった。

（……というか、意外と男の子が多い）

男子が三人、女子が三人。人数だけ見ると半分ずつだ。事前に伝えてあったので、全員がきちんとエプロンを着けていた。

男子は皆、小学校高学年ぐらいであるのに対して、女の子は小さい子ばかりだった。恐らく一年生から三年生の間だろう。

特に落ち着きのない女の子二人が要注意っぽいが、そのうち一人の兄だと思われる少年が目を光らせており、何かやろうとするたびに止めに入ってくれていた。そこまで気にしなくてもよさそうだ。

先ほどからセクハラ発言が目立つお調子者っぽい男子は、のんびりしたぽっちゃり体型の友人と始終おしゃべりをしていた。少し心配だが、周りに迷惑をかけたりしなければ、注意するほどのことはないだろう。

（それより気になるのが……）

部屋の隅で壁によりかかり、布カバーのついた本を読んでいる少女のほうを、蘭子はちらりと見た。

小学三年生ぐらいだろうか。背丈に比べ、表情は妙に大人びており、顔立ちもはっきりしている。これで金髪ならヨーロッパかどこかの美少女のようだが、切り揃《そろ》えられた黒髪を見るにハーフなのかもしれない。ところどころにリボンやフリルの付いたワンピースと、シンプルで丈夫そうな黒いエプロン……というか前掛けがミスマッチだ。

少女は一人で来たのか、誰とも話をする様子はなかった。態度からは楽しんでいるのか、つまらなそうにしているのか、今一つ分かりづらい。

けれども、いつまでも子どもたちを観察していても仕方がない。調理室を借りている時間は限られているし、生地の発酵具合だって刻一刻と変わっていく。

「えっと、まず、パンの、生地ですが……生地を、粉から作ると、力とコツが必要なんで……きょ、今日は用意して、きました」

「え、最初からやるんじゃないんですか?」

「パン生地作りたかったなぁ」

初《しょ》っ端《ぱな》から文句が飛び交い、蘭子はいきなり心が折れそうになる。

「ええやん。別に」

そう言ったのは、後ろのほうにいた少女だった。本をバッグに仕舞うと、騒ぐ子どもたちの中に入っていく。

「生地を作るのって、難しいんやで。素人が粉から作って、失敗して、膨らまなかったり、まずかったりしたら台無しやん。プロの人が作ったパン生地を使うんやったら、そんな失敗せんやろ」

「そっか。それもそうだな」

「パン屋さんの生地なら、絶対美味しいもんねー」

少女の一言で、あっさりと子どもたちの空気が変わった。純真というか、単純なのだ。

(ありがとう……ありがとう!)

心の中で少女に手を合わせながら、蘭子は冷蔵庫からパン生地の入った大きなボウルを取り出した。

生地は海月ベーカリーの厨房で捏ねてきたときの倍ほどの大きさに膨らんでいる。

蘭子はパン生地に指を差して、抜いてみた。指を入れた穴は塞《ふさ》がらず、生地がしぼんだりもしなかった。無事に一次発酵できているようだ。

「で、では、こ、ここから先は、皆さんにやってもらいます。生地を分割して、ください」

「ぶんかつってなーに？」

「あ、えと、生地を切り分けることです。包丁でも、できますが、今日は、このスケッパーっていう、専用の道具を、使います」

金属の板に持ち手が付いた『スケッパー』を蘭子が配ると、子どもたちは目を輝かせた。

「わー。これパン屋さんが使ってるやつだよー」

『スケッパー』が全員に行き渡ったのを見届け、蘭子はボウルをひっくり返した。パン生地が調理台の上にどさっと移る。

「おおー」

「でけえ！」

子どもたちから歓声が上がった。普段、店で大量のパン生地を扱っている蘭子にとっては大した量ではないが、子どもたちにとってはこのボウルの中身の生地だけでも自分の頭よりも大きい。結構な迫力があるのだろう。

「えっと、それじゃあ、この生地を、六十グラムずつに、分けてください」

蘭子の指示で、待ってました、という勢いで皆がパン生地に手を伸ばす。

「あ、あんまりベタベタ触ると、生地が傷んじゃって、焼いたときに膨らまなくなっちゃうんで、なるべく手早くできるよう、頑張ってみてください」

「すみませーん。ボク、大きいパンにしたいんですけど、百グラムぐらいにしちゃあダメですか?」

ぽっちゃり少年がそんなことを言い出した。蘭子は返答に困った。

「えっと……なるべく、均等にしないと、焼いたときに、大きいパンに火が通らなくなっちゃうから……」

「えー。残念だなー」

しょんぼりするぽっちゃり少年。

「……その分、同じ大きさのをいっぱい作って、いっぱい食べたらええんちゃう?」

そこへ口を挟んだのは、またも布カバー本の少女だった。

「足りなきゃ、うちの分も食べたらええし」

「え、いいの？　あの、それはいいんですか？」

ぽっちゃり少年の顔に、輝きが蘇《よみがえ》った。

「あ、はい……持ってきた生地は、全部、分割しちゃって、数を多めに作るのは、大丈夫です……残ったパンをお土産にしてもらうつもりで、多めに持ってきました……から」

「よーし！　やるぞー！」

ぽっちゃり少年が、俄然やる気になる。

またしても自分をフォローしてくれた形になった少女を見つめる蘭子。少女はほかの子どもたちに比べると、手際よく生地を分割し、『はかり』に乗せて六十グラムずつに分けていっている。

（もしかして、この子、私を助けるために現れた妖精なんじゃあ……）

そんな妄想をしながらも、蘭子は手をてきぱきと動かしていた。

やがて、パン生地が全《すべ》て切り分けられた。半端な余りの生地は、蘭子がほんのちょっとずつ千切り、小さ目に見える生地に付け足す。

「次は、この生地を、丸めます。えっと、手に取ったら、切れ端を、内側に包み込むようにして、くるくると台の上か、手の上で回すように……」

言いながら、蘭子が手にした生地の一つを調理台の上で丸める。あっと言う間に、生地は綺麗《きれい》な表面の球体になった。

「おおっ、すげえ！」

「おもしろーい。粘土みたーい」

「じゃあ、やってみて、ください」

子どもたちはパン生地を丸めようとするが、手にくっついたり、切れ端が上手《うま》く内側に入らなかったり、悪戦苦闘している。

「わー。上手ー」

「お姉ちゃん、すごーい」

ちびっこ二人に感嘆の目を向けられているのは、またしてもあの少女だった。

彼女が丸めた生地は、蘭子の丸めたものと同じくらい、綺麗な球体になっている。

「どうやるのー？」

「教えて教えてー」

「せなやあ、こう、指を猫の手みたいにしてな……」

低学年の女子三人がお互いに教え合って、綺麗にパンを丸め始めたのを見て、

「おう。おれたちも負けてらんないぜ」

と高学年の男子たちも負けじと、生地を丸めていく。

気が付くと、かなりの数があった六十グラムのパン生地は、全て丸められて台の上に並んでいた。

「はい。あの、これから生地を、十五分くらい、休ませます。ベンチタイムと言って、次の、中身を包む作業をやりやすくするためです」

乾燥しないように、濡らした布を丸めたパン生地の上に被《かぶ》せると、蘭子は子どもたちの顔を見回した。

「えと、それでいつもは『クラーリームパン』には、カスタードクリームを包んでいます。もちろん今日も、お店から持ってきてはいますが……あの、パンに入れてみたい食べ物って、なにか持ってきました？」

蘭子の言葉に、子どもたちはそれぞれ持参したビニール袋やリュックサックの中から、次々と材料を取り出した。

「ぼくはあんこを持ってきました」

「あたし、マシュマロー」

「へへーん。おれなんて、奮発してイチゴを持ってきたんだぜ」

皆が持ち寄った材料を調理台の上に出していくのを見て、蘭子は顔を綻ばせた。

クリームと一緒にパンの中に包みたいものを、子どもたち自身に持ってきてもらう。これは事前の相談で出た、銀次のアイディアだった。

——「せっかく子どもらがパンを作るんだ。ちょっとは自分たちで工夫する部分があったほうが、おもしれえだろ?」——

子どもたちの様子を見る限り、今のところ、この試みは成功のようだ。もっとも味のほうは、実際に焼き上がったパンを食べてみないと分からないが。

「ボクはねー、梅ジャムとー、甘栗とー、チョコボールとー、バナナチップとねー」

「お前、いくつ作る気だよ!」

ぽっちゃり少年が次から次へとリュックから食べ物を取り出し、お調子者の友人が突っ込んで、笑いが起こる。蘭子もそんな子どもたちの様子を見て微笑んだ。

(……あれ、そう言えば、あの子は?)

ここまでの作業で率先して動いていたあの少女が、困ったようにもじもじしているのだ。

「あんな……うち……」

「ど、どうしたの? 何も持ってこなかったの? い、いいんだよ、別に、無理して持ってこなくても、カスタードクリームはあるから」

「いや、持ってくるには持ってきたんやけど……こんなんしかなかってん」

そう言って、少女は保冷剤を輪ゴムで巻いたタッパーを取り出した。

調理台の上にタッパーを置き、一同が見守る中、ゆっくりと蓋《ふた》を開ける。

タッパーの中に、ラップで小分けにされて入っていたのは……

紅ショウガ。揚げ玉。刻んだ葱《ねぎ》。そして、大き目にぶつ切りされた、タコの足だった。

「って、おいおい！　こんなの絶対クリームパンに合うわけないじゃねーか！」

悪気はないのだろうが、思慮に欠けたお調子者少年の突っ込みに、少女は唇を噛んだ。

俯く少女と、タッパーの中身を、蘭子はおろおろと見比べて……

（って、この材料って……タコヤキ？）

確かつい最近もタコヤキという言葉を耳にしたような気がする。蘭子は必死で記憶を探って、すぐに思い至って少女に訊いてみる。

「ね、ねえ、もしかして、あなたのお父さんって山手ハリーさん？」

問われて少女は、コックリと頷いた。

「せやで。うち、山手マヤ」

少女……マヤの言葉に、ハリーは娘がいると言っていたことを、蘭子は思い出した。

「でも、これ、お店のタコヤキの材料だよね？　お父さんはほかに、パンに入れるものを用意しといてくれなかったの？」

「きっとうっかり忘れとったんやろうなぁ。父ちゃん、今朝は早いうちに、隣町へ出掛けてしもうたし」

「と、隣町に？」

「せやで。なんかの大会に出るとかで、随分前から楽しみにしとったみたいや」

（……ボディビル大会だ）

夏祭りのボディビル大会の三つ巴が、隣町で再現されていることを想像し、なんだかどっと疲れた蘭子はがっくりと肩を落とした。

そんな蘭子の様子を見ながら、マヤは寂しそうに笑う。

「お母ちゃんがおったら良かってんけど、今、実家に帰ってもうてるからな……」

「え……」

突然のマヤの告白に、場の空気がずっしりと重くなる。

お調子者の少年が焦った表情で、フォローしようとする。

「げ、元気出せって！　ほら、このタコも入れてみたら案外うまいかもしれないぜ？」

しかしマヤは寂しそうに笑って、タッパーの蓋を閉じた。

「ええって。うちは普通に『クラーリームパン』を作るから」

そして、バッグにタッパーを仕舞おうとしたのだが……マヤの手を、蘭子が摑んだ。

「お姉ちゃん？」

「……このタコ、使ってみよう」

「え。でも……」

不安そうな表情を浮かべるマヤに、蘭子は精一杯の笑顔を浮かべてみせた。

「大丈夫。お姉ちゃんに、任せてみて」


「うん、こんな、感じかな……」

蘭子と子どもたちがカスタードやさまざまなフィリングを包んだパン生地が、何枚もの鉄板の上にずらりと並んでいた。

プレーンの『クラーリームパン』と一緒のタイミングで焼き上がるように、あんこやジャムを入れた分はカスタードを減らしてあるし、チョコは刻んだりイチゴはカットしたりして一緒に包んでいる。

綺麗なものや歪《いびつ》なものが混在しているものの、ほとんどが真ん丸に近い形に包まれている中で鉄板一枚分だけ、やや平べったい形に成形された生地が並んでいた。その鉄板を、マヤが心配そうな目で見つめている。

「うーん？　ほんまに美味しくなるんかな、これ……」

マヤがぽつりと呟《つぶや》くと、鼻の頭にクリームを付けたお調子者の少年が、

「大丈夫だって！　パン屋のお姉さんも言ってただろ？　な！」

と蘭子を振り向いた。

「うん……私を、信じて」

マヤはしばらくじっと蘭子を見つめ返していたが、やがてにっこりと微笑んだ。

「……分かった。楽しみに待っとる」

「ねえねえ、早く焼こうよー」

誰よりも待ちきれない様子のぽっちゃり少年の言葉を受け、

「オーブン、何度ぐらいにしておけばいいですか？」

と、しっかり者の男子が蘭子に尋ねた。

「あ、えっと、温度はとりあえず百五十度に設定しておいてほしいんだけど……すぐには、焼かないんだ。三十分くらい、待たないと」

「えー」

「どうして？」

不思議そうな顔をする子どもたちに、蘭子は説明を試みる。

「えっとね……皆が生地を伸ばしたり、中身を包んだりして、パン生地が疲れちゃったの……だから今すぐに焼いても、膨らまないパンになっちゃうから」

「そうなんや」

「うん。だから、二次発酵って言うんだけど、こうやって……切り開いたポリ袋か何かを被せて乾燥させないようにして、涼しいところで三十分くらい……あ」

乾燥対策の作業をしながら話していた蘭子が、突然言葉を失った。

きょとんとした子どもたちに見つめられながら、蘭子は内心で、

（し、しまったぁぁぁぁぁぁぁぁ）

と絶叫していた。

「お姉さん？」

マヤにエプロンの裾《すそ》を引っ張られ、蘭子は我を取り戻した。

「あ、と、とにかく、そんな理由だから、まだパンは焼けないので！　しばらく発酵させるために、置いておくから、その間は休み時間にします！　あ、で、でも休憩の

前に、全部の鉄板に袋を被せて……ああ、それから、オーブンも温めておいてください！」

「お、おう。了解」

「わ、分かりました」

急に慌ただしくなった蘭子の指示に、子どもたちは戸惑いながらも頷いた。

「それじゃあ、ちょっと私は、えーと、トイレ！　トイレに行ってくるから！　皆は、待っててね！　パンに触っちゃあダメだよ！」

唖然《あぜん》とする子どもたちを残して、蘭子はエプロンをその辺に脱ぎ置き、凄《すご》い勢いで調理室から飛び出した。


（ああ……どうしよう、どうしよう）

子どもの相手をしなきゃいけないことばかりに気を取られて、蘭子はすっかり忘れていた。

ここは鋸蔦公民館の調理室であり、海月ベーカリーの厨房ではない。

つまり。

裸になることができないのだ！

（トイレ、トイレ！　トイレの個室なら！）

すれ違った俳句教室か何かに来ていたおばあちゃんがぎょっとするほど形相で女子トイレの個室に駆け込んだ蘭子は、おもむろにスカートとパンツを一緒に脱ぎ去って……

何故《なぜ》かその後、体をぐぐぐっと捻《ひね》り、自分の背中のほうを見ようとし始める。

「このっ！　この！　あと！　もう、ちょっと！」

下半身すっぽんぽんのまま、首を限界まで回してみたり、腰を捩《ね》じってみたり、果ては股の間に頭を突っ込んでみたりしているのだが、

「ふぐぐ……ふんっ！」

望んでいる結果を出せずに、蘭子の焦りは深まる一方だった。

（や、やっぱりお店じゃないと……せめて鏡があれば……）

「あのー、大丈夫？」

個室から聞こえる唸《うな》り声に心配した誰かが、外から声をかけてきた。

「あ、はい、すいません！　大丈夫です！」

その一言で、少しだけ正気に戻った蘭子は、閃《ひらめ》いた。

（……そうだ！　手洗いのところには、鏡がある！）

とはいえ、さすがに下半身に何も身に着けていない状態で個室の外に出たら、頭がおかしいと思われてしまう。

急いでスカートを穿《は》いた蘭子は、手にしたパンツを丸めると、スカートのポケットに突っ込んだ。

つまり、穿いたのはスカートだけである。

パンツは、はいていない。

ノーパンスカート状態になった蘭子は、心臓をバックンバックン言わせながら、ドアを開け、個室の外へ踏み出した。

（こ、これなら、ぱっと鏡で見て、すぐに個室に戻って、パンツをはき直せば……）

だが、しかし。

「あら、やだー」

「それ本当？」

蘭子の目的の手洗い場……鏡のある場所では、年配の女性が集まって、ぺちゃくちゃお喋りをしていた。

立ち尽くす蘭子に気付いたおばちゃんたちは、

「あ、ごめんなさい」

と洗い場の前からはどいてくれたのものの、そこからほど近い位置で、

「それでねー」

とすぐにお喋りを再開した。

この状況では、洗い場の鏡を使って、蘭子が目的を果たすのは不可能に近い。

「……」

仕方なく、バシャバシャと手を洗うだけ洗い、蘭子は女子トイレの外に出た。

ちなみに、パンツはまだ、ポケットの中である。

スカートをめくられたらノーパンという状態で、蘭子は、女子トイレから、外に出てきてしまったのだ。

ある意味、危険極まりない状態であるが、蘭子は今それどころではなかった。

蘭子は半ば無意識に、トイレ近くの休憩スペースに向かっていった。さっきまでは窓から十分な日光を取り入れていたのだが、何だかクラゲのような形の雲が太陽を覆い隠してしまい、そこは薄暗い空間になっていた。

水族館のような暗さのそこで、椅子に座り込み蘭子は考える。

（どうしよう……二階にもトイレあったっけ……でも冷静になって考えてみたら、手

洗いのところの鏡って高い位置に付いているから、洗面台によじ登らないと見られないし……そんなことしているのを、誰かに見つかったらまずいよね……)

ノーパンでいる時点であまり冷静ではなく、既にかなりまずい状態なのだが、蘭子の頭はそこまで回っていなかった。

(公民館の外で、手鏡か何かを買ってくるほうが早いかな……でも鏡って近くで売ってる? パンの発酵時間がオーバーしちゃったら、元も子もないし……)

「あ」

(最悪、確認するのは私じゃなくてもいいんだから……今からでも、愛に連絡して、こっちに来てもらう? いや、でも、さすがに二次発酵に間に合うとは思えないし……)

「蘭子さん?」

(ああ、どうしよう……どうしよう……)

悩みまくって頭を抱える蘭子が、

「蘭子さんってば!」

という声に、顔を上げる。

そのタイミングで、上空で雲が風に流され、たまたま公民館の窓から差し込んだ光が、蘭子の目を眩《くら》ませた。

（まぶしっ！）

蘭子は薄目を開きながら、その人物の顔を確認しようとする。

太陽の光が逆光となっていたが、すぐに目が慣れる。

というか、顔を確認するまでもなく、この声は、春から夏にかけて、蘭子が毎日のように聞いていた……


「ま、マスミちゃん！　なんでこんなところに？」


そう。

銀色の光を背に受けて、蘭子の前に立っていたのは、マンガの原稿を執筆するために現在長期休暇を取っているはずの『海月ベーカリー』従業員、畑《はたけ》マスミだった。

パン屋にいたときと比べて、髪はぼさぼさで目は疲れ気味、着ている服は少しよれよれしていたが、間違いなくマスミである。

「愛さんが、連絡をくれたんです。蘭子さんが大変だから手伝いに行ってあげてくれって」

「で、でも、マスミちゃん。マンガは……」

蘭子の言葉に、マスミは力なく、しかし嬉しそうに微笑んだ。

「おかげさまでもうほとんど完成に近い状態です。締め切りにも間に合いそうですし、そろそろパン屋の仕事にも復帰できると思います」

言ったその後で、慌てて自分の失言をフォローするように、

「あ、もちろん、蘭子さんがまだ私を雇ってくれるなら、ですけど……随分と、ご迷惑かけちゃったみたいですから」

と付け加えた。

そんなマスミの言葉を、聞いているのか、いないのか。

「うわぁぁぁん！　マスミちゃぁぁぁん！」

いろんな意味で張り詰めていたものが切れた蘭子が、目の前のマスミに抱きついた。

「ちょ、蘭子さん！　どうしたんですか！　人が見てますよ！」

上ずった声で言うマスミだったが、頬《ほお》は赤くなり、表情は緩みまくっていた。

「蘭子さん、当たってます当たってます！　柔らかいものが、当たってますってば！」

マスミに小声でそう言われても、蘭子は未《いま》だに抱きついたまま。

「あ、蘭子さんのいい匂いが……ちょ、ちょっと待ってください。蘭子さん、苦しい。

そろそろ苦しい。何か、何かの技が極まっている気が……」

マスミに背中をタップされて我に返った蘭子はようやく、彼を解放したのだった。

「で、一体どうしたんですか、蘭子さん。パン作り教室って、調理室でやってるって聞きましたけど」

感動の（?）再会直後、蘭子たちは運よく見つけた公民館の使われていない部屋の中にいた。どうやら俳句教室が解散した後、鍵をかけ忘れて帰ったようだ。次の団体が来るまで、まだ少し時間があった。

「うん。さっきまで子どもたちと一緒にパンを作ってきて、ここまでは順調。あとは二次発酵させて、焼くだけなんけど……」

不思議がるマスミに説明しながら、蘭子はドアの内側から鍵をかける。

「え、どーして鍵を」

「それは、その……」

蘭子は一瞬、もじもじと口ごもったが、すぐに覚悟を決めた表情で口を開いた。

「マスミちゃんに、私のお尻を、見てもらいたいから！」

「はえ？」

全く意味が分からず、マスミは変な声を出してしまう。

「お願い、マスミちゃん！　美味しいパンのために、どうか私のお尻を！」

「ちょ、ちょちょちょ、ちょっと待ってください！」

マスミは混乱しながら、迫る蘭子をなだめようとした。

「な、何で私が蘭子さんのお尻を見ることが、パンの美味しさに繋《つな》がるんですか？」

「それはね……」

蘭子は一瞬言い淀んだが、マスミの目を見つめ返して、言葉を続ける。

「実は……私が裸でパンを作っていたのは……裸エプロンだと、美味しいパンが作れたのは、気分の問題だけじゃないの」

「『それゆけナノハナベーカリー』の妖精『ナノ』が、服を着ていなかったんで、試しに裸で作ってみたら上手くいったんですよね？」

「……実は、それだけが理由じゃあないの」

「え」

「私がスランプを抜けられたのは、先生にも誰にも話していない理由があるの」

突然の告白に、驚くマスミ。

「つ、つまり、それが、蘭子さんのお尻……？」

「そうなの……実は……」

そして、蘭子の口から衝撃の真実が伝えられる。

「私のお尻って、パンの二次発酵が完璧になるタイミングに、シンクロしているの！」

「……はい？」

意味が全然分からなかったため、マスミのリアクションは微妙になってしまった。

蘭子は茹でたエビのように赤くなりながら、説明を続ける。

「えっと……パンの二次発酵……焼く直前に生地を発酵させることなんだけど、タイミングの見極めがとっても難しいの。発酵不足だとパンが膨らまないから美味しくないし、逆に発酵させすぎちゃうと変な形に膨らんだりしぼんだりして、味も悪くなるの」

ぎゅっと拳を作ったり、手のひらを開いて指をぐにゃぐにゃさせたりと、身振り手振りを交えて、蘭子は語る。

「私がパン作りで一番苦手なのが、この二次発酵の見極めで……どうしてもベストな発酵のタイミングでパンをオーブンに入れられずに、何度も何度も失敗して……それが、スランプの理由だったの」

「よく分からないんですけど、レシピどおりの時間でもダメだったんですか？」

マスミの疑問に、蘭子は答える。

「パンの発酵っていうのは、生地に含まれるイースト菌や酵母の働きによるものなんだけど、イーストや酵母って生き物だから。それらの働きがどれぐらい活発なのかによって、発酵のスピードも左右されるんでいろんな条件……その日の気温や湿度なんかで変わってきちゃうの」

「な、なるほど……」

「だからこそ、発酵の状態を見極めるのって難しいんだけどね。でも、ある日、先生のところで、『ナノ』の真似《まね》をして裸でパンを作っていた私、気付いちゃったの……」

そこで蘭子は自分の腰……いや、正確には、自分のお尻のあたりに視線を落とした。

「二次発酵させたパンの生地、その張りや色やツヤが、私のお尻と同じ見た目になった、その瞬間！　それこそが、パンをオーブンに入れるベストタイミングだと言うことに！」

「……イースト菌の働き次第だから、日によって変わるって話はどこに？」

マスミの突っ込みに、蘭子は心外そうに頰を膨らませた。

「何言ってるの、マスミちゃん。イースト菌や酵母が生き物であるように、人間、つまり私だって立派な生き物でしょ？」

「そりゃあそうですけど」

「つまり、私のお尻だって、日によって変化しているの。そして、その日そのときその環境でのお尻の状態こそが、同じ日同じとき同じ環境でのベストな二次発酵の状態と、シンクロしているの！」

謎《なぞ》理論の展開にマスミは膝から崩れ落ちそうになったが、何とか会話についていこうと粘った。

「あの、お店のパンって、種類によって使っている生地が違いますよね？　食パンとか、フランスパンとか、クロワッサンとか……全部蘭子さんのお尻とシンクロしてるんですか？」

「そうだよ。ただ生地の種類によって、シンクロしてる部分は色々変わってくるから……同じクロワッサンの生地でも、今日は太ももに近い部分の色とシンクロしてたり、明日は割れ目に近い部分の張りとシンクロしてたり」

「その『お尻のどの部分とシンクロしているか』の違いは、どうやって見極めているんですか？」

マスミの質問に、蘭子は淀みなく、自信満々で答える。

「その程度の誤差なら、お尻とパン生地を見比べれば、一目瞭然だよ。でも、とにかく、パン生地の状態とお尻のどこかのコンディションがシンクロしているのは、間違いないの」

「……それが一目瞭然なら、別にもう、わざわざお尻を見なくても、なんとなく発酵のタイミングが分かるんじゃあないですか？」

「私もそう思って、何度かお尻と見比べずに焼いてみたことがあるんだけど……でも焼き上がりが全然違ったの。お尻とのシンクロ具合を確認してから焼いたパンのほうが、明らかに美味しいの」

「……うううううん」

もうそこまで来たら、それは蘭子の気のせい……それこそ気分の問題なのでは？

マスミは困った。いくら反論しても、蘭子は全く自分を曲げない。『自分のお尻と見比べて焼いたパンのほうが美味しい』と信じ切っている。

糠《ぬか》に釘、ならぬ、酵母種に釘を打っている気分だった。

「確かにこんな話、とても信じられないかもしれないけど……」

蘭子は少し目を伏せながら、言う。

「でも、マスミちゃんが今まで食べたパンの味は、この見極め方で焼いたパンだってことは、事実だよ」

「う……」

蘭子の言うとおり、海月ベーカリーのパンは絶品であることは、マスミもよく知っている。それを食べたマスミが、その場で働かせてくれと頼むくらいに。

「じゃあ厨房にシャワールームを作って、そこの脱衣所に姿見が取り付けてあったのって」

「うん。いつでもすぐにお尻を確認できるように、リフォームしてもらったの」

理由を聞いて脱力しそうになるマスミだったが、それでもまだ疑問があった。

「でも二次発酵の見極めに必要なだけなら、お店でも、パンを焼く前だけ服を脱いで、お尻を確認すればいいいんじゃあ」

「今日みたいに一種類のパンを一回焼くだけなら、それでもいいんだけど。お店のパンはたくさんの種類を作らないといけないでしょ。あるパンを二次発酵させている間に、分割とか成形とか、別のパンを作る作業をしているし……時間差で常に何かしらの生地を発酵させてるから、その確認のたびにいちいち脱いだりするのって大変で……」

なら別に裸エプロンでなくても、下半身だけ裸でいればいいのでは、という言葉が出かかったが、それは呑《の》み込んだ。

裸エプロンのパン屋さん。

下半身が全裸のパン屋さん。

どちらも人前に出せない姿という意味では、大差ないからだ。

「でも、今日は丁度いい鏡がなくって、自分で自分のお尻が見られないから！　お願い、マスミちゃん！　私の代わりに、今の私のお尻を確認してっ！」

「ちょ、ちょっと待っ……」

今度はマスミの制止も聞かずに、蘭子は背を向けてスカートをめくる。

「って何でパンツはいてないんですかぁぁ！」

マスミはぐるりと全力で首を回し、顔を背け、必死で目を逸《そ》らしながら、絶叫した。

「そ、それはトイレで脱いできたから……あ、パンツは持ってるから、安心して。お尻を確認してもらったら、ちゃんとはくから」

「今すぐパンツはいてくださいってば！」

パンツをはいてない女性と、二人きりで密室にいる。

マスミの理性も社会的な立場も、とんでもなくギリギリな状況だった。

もちろんマスミだって男子である。見せてくれるならお尻を見たい。

だが今回は、蘭子のお尻を確認した後、調理室に移動し、子どもたちのパンの発酵の状態を見にいって、これなら大丈夫という判断を下さなければいけない。

ちらっとお尻を見ただけで、そこまで記憶できる自信が、マスミにはなかった。

つまり、見るとなれば、じっくり観察しないといけない。

蘭子のお尻を、ガン見しなくてはならない。

（どんなプレイだよ！）

まず間違いなくマスミのアナゴは暴れん坊将軍になるだろうし、興奮のあまり見るだけにとどまらず手を出してしまうかもしれない。手を出したらいろんなものが終わる。人生とか。

そんなご褒美と拷問の間にあるようなミッションにいきなり挑めと言われても、マスミは心の準備ができていなかった。

そんな彼の気持ちを知ってか知らずか、

「お願い、マスミちゃん！　時間がないの。もたもたしていたら、発酵オーバーしちゃうかもしれない！」

と蘭子は丸出しのお尻をマスミに向かって突き出している。

マスミは顔を手で覆い隠しながら、本能と必死で戦っていた。

「いや、あの、蘭子さん？　今日のお尻と全く同じ状態にしなくても、焼けばいい発酵のタイミングは大体分かるんですよね？　だったら何も、今ここで私が確認しなくても……」

「何言ってるの、マスミちゃん！」

お尻を向けたままの蘭子が、マスミの言葉を遮った。

「調理室では、子供達が、美味しいパンを楽しみにしているの……あの子たちに、中途半端なパンを出すなんてこと、したくない！」

「！」

「マスミちゃんが私のパンで感動してくれたみたいに、本当に美味しいパンを、皆に食べてもらいたいから……」

蘭子はスカートをまくり上げたまま、背後にいるマスミに向かって、一歩下がった。

「だから、マスミちゃん、私のお尻を見てください」

「……」

蘭子の言葉に、マスミは自分の顔を隠していた手をどかした。

「分かりました」

そして、目の前にあるものを、見る。

「蘭子さんのお尻、じっくり見させていただきます」

「……お、お願いします」

「……こ、こちらこそ」

マスミは見た。目を見開いて。

「……」

蘭子は見られた。唇を引き締めて。

「……」

片や、真剣に見極めようとして、片や、これまで隠し通していたものを見てもらう。

お互いに見えているものは違えども、それはまるで恋人同士が見つめ合うかのような時間だった。

途中、マスミは何度も伸ばしかけそうになった手を抑えて自制し、蘭子は何度も下ろしかけそうになったスカートを掴む指に力を込めて押しとどめた。

長いようで短い、甘くて柔らかい時間が過ぎていき……

「……あ、ありがとうございました」

「……こ、こちらこそ」

どちらからともなく、そんな言葉を気恥ずかしそうに口にして。

傍《はた》から見ればプレイの一環としか思えない行為は、しっぽりと終わりを迎えたのだった。


そして公民館の調理室では……

「ねー。大分膨らんできたけど、まだ焼いちゃダメなのかな?」

「せやけど、お姉さんが戻ってこーへんと」

「なんか様子が変だったし、見に行ったほうがいいんじゃね?」

言いつけどおり、大人しく休憩していた子どもたちが、待ちくたびれ始めていた。

そこへ……

「皆、お、お待たせ……」

よろよろと、なんだか妙に疲れた表情の蘭子が、調理室へと戻ってきた。

「おー、おかえりー」

「遅いぜ、お姉さん」

「あれ？　そっちの人は？」

蘭子のすぐ後に入ってきた、なんだか妙に達成感に満ち溢《あふ》れた表情のマスミに、子どもたちの視線が集まった。

「あ、この人は、海月ベーカリーの従業員で、畑マスミちゃんです。遅くなったけど、手伝いに来てくれたの」

蘭子の言葉に、お調子者の少年が苦笑した。

「何だよ、遅刻かよー。でも、もうほとんど仕事は残ってないぜ？」

「後は焼くだけだもんね」

「うん……ここからが、この人の仕事だから……」

蘭子は子どもたちに微笑んでから、マスミのほうを振り向いた。

「マスミちゃん、お願い」

「はい」

マスミはツカツカと鉄板の置いてあるほうに向かって進むと、その上に並んでいるパン生地を、じっと見つめた。

パン生地たちは、ぷっくりと膨らんでいた。

なめらかに仕上げられた表面は、つやつやと輝いているようだ。

生地の色は雪のように白く、ほどよい張りがあり、指で触ったら押し返してきそうな状態であることが分かる。

魅入るように発酵した生地を見つめ続けたマスミは、やがて虚ろな眼差しでゆっくりと白い柔肌のようなそれに指を伸ばしかけ……

「マスミちゃん」

「！」

蘭子の一言で、危ういところから引き戻されたマスミは、振り向いて親指を立てた。

「今がベストな状態ですよ、蘭子さん。すぐに焼きましょう」

「分かった。ありがとう、マスミちゃん」

「え、それだけ?」

「なんやそれ」

マスミと蘭子のやり取りに、子どもたちが不思議そうな顔で突っ込んだ。

「そんなん、うちにもできそうなんやけど」

呆れたように言うマヤの頭に、蘭子が優しく手を置いた。

「ううん。これは、この人にしか……マスミちゃんにしか、できない仕事だったの」

「？　ふーん……」

蘭子は鉄板に被せていたポリ袋をどかせながら、皆に指示を出した。

「さあ、それじゃあいよいよパンを焼きます。最初はオーブンの蓋をしないで、様子を見ながら焼くからね。鉄板は重いから、マスミちゃんも手伝ってくれる？」

「はい。もちろん」

慌ただしく作業しながら、お調子者の少年が、マヤに向かって囁《ささや》いた。

「一体なんだったんだろうな？」

「さあ？」

テキパキと息の合った動きをする蘭子とマスミを見て、マヤが微笑む。

「せやけど、お姉ちゃん、さっきまでより、なんや生き生きしとんな」

焼き色をつけない白いパンに仕上げるために、低めの温度で、時間をかけて、長めに焼いて。

ついに皆で作った『クラーリームパン』が、オーブンから出てきた。

「おおーっ」

「すげえ！」

自分たちの作っていたものが、ちゃんと『パン』として焼き上がったのを見て、歓声を上げる子どもたち。

「物凄く熱いから、まだ触っちゃダメだよ。ヤケドしちゃうからね」

オーブンから取り出した鉄板を調理台に並べながら、蘭子は言った。

「あれ、おれが作ったやつだぜ！　ちゃんと膨らんでる！」

「あたしのは！　あたしのは！」

自分の作ったパンを探して、興奮する子どもたち。

「んー。でも何個かは、破けて中身が出ちゃったねー……」

少し肩を落とすぽっちゃり少年に、マスミが声をかける。

「味はそんなに変わらないから、今食べちゃえば大丈夫だよ。それに、皆が最初から全部完璧にできたら、パン屋さんの立場がないでしょ？」

「そっかー。そうだよねー」

そんなマスミの言葉を聞いて、蘭子が苦笑した。

「それ、前に私がマスミちゃんに言ったよね？」

「そうでしたっけ？」

「なんだよー。真似かよー」

とぼけるマスミに、子どもたちが笑った。

そんな会話をしながら、皆でしばらくパンの粗熱が取れるのを待つ。

「うん。そろそろもういいかな」

「ひゃっほぅ！」

蘭子の言葉に、子どもたちは我先にと鉄板のパンへ手を伸ばすが……

「あ、皆。待って待って」

「え？　もういいんじゃないの？」

「うん。でも食べる前に……」

子どもたちを制した蘭子は、チョコペンを取り出してマスミに渡した。

「それじゃあお手本をお願いします。マスミ先生」

「分かりました」

マスミは苦笑しながら一歩前に出ると、チョコペンを構え、白くて丸いパンのキャンバスに、顔のようなデザインを描いていく。

再び、子どもたちから歓声が上がる。

「すごーい！」

「お店で売ってるパンみたい！」

「つーか、描くのはえー」

賞賛されたマスミは、一つ、二つとパンに顔を描いていき……

「あれ？　これって……」

ほかのパンと違って、少し平べったいパンが並んだ鉄板で、手を止めた。

「あ、待って待って！　そっちは、チョコじゃなくって、これでお願い！」

言って蘭子がマスミに渡したのは……

「ソース？　これは、『クラーリームパン』じゃないんですか？」

マスミの質問に、蘭子はいたずらっぽく笑った。

「それは食べての、お楽しみ」

「わ、分かりました」

マスミは頷くと、受け取ったソースで、平たいパンのほうにも器用に『クラーリー』の顔を描いた。

「それじゃあ、皆も、マスミちゃんのをお手本にして描いてみてね」

「はーい」

子どもたちも手にしたチョコペン、あるいはソースで、それぞれパンに顔を描いていき……

「『クラーリームパン』の特別バージョン、これで完成です！　どうぞ召し上がれ！」

「いただきまーす！」

子どもたちが次々に手を伸ばし、口を開けてパンにかぶりついた。

「うほっ！　焼きたてのパン、超うめえ！」

「あまーい！」

「おいしいー！」

笑い合って、口ぐちに感想を言い合う子どもたち。

「温かいイチゴとカスタード、結構合うなぁ」

「あんことクリームも美味しいですよ」

「わーい。甘栗とクリームも、梅ジャムとクリームも、全部全部おいしいなー」

ぽっちゃり少年は満面の笑みで、両手に持ったパンに交互にかぶりついていた。

皆がもぐもぐとそれぞれの『クラーリームパン』を食べる中、マヤはじっと、手に持った平べったいほうのパンを見つめていた。

そんなマヤに蘭子が声をかける。

「そのパン、どんな味になったかな？　食べてみよっか」

「う、うん……」

それでも躊躇《ちゅうちょ》するマヤに対し、蘭子は鉄板からソース顔のパンを二つ取ると、片方をマスミに差し出した。

「はい。マスミちゃんもどうぞ」

「じゃあ、いただきます」

二人は大きく口を開けると、手にしたパンにかぶりついた。

「あ……」

マヤの顔が、不安そうな色に染まり……

「おいしい！」

「うん！　大成功だね！」

マスミと蘭子の言葉に、一瞬で表情が晴れる。

「ほ、ほんまに？」

「おっきなタコとソースの味が、パンによく合って、とっても美味しいよ」

「紅ショウガやネギや揚げ玉もいいバランスで入っているおかげで、アクセントになってますし。かなりイケますよ、これ」

そう。そのパンはカスタードを入れずに、マヤが持ってきたタコヤキの材料、それを全部入れて作られたパンだった。

二人の言葉に、マヤも自分の手にとったパンを口に運んだ。

「！　おいしい！」

一口食べて、目を輝かせるマヤ。

「そもそも焼きそばパンがあるんだし、タコヤキの味がパンに合わないはずがないのよ」

「鰹節《かつおぶし》と青海苔《あおのり》も欲しくなりますね」

「あとマヨネーズやな」

もぐもぐと『タコヤキ味のクラーリームパン』を食べている三人の様子に、ほかの子どもたちもやってくる。

「ボクもこれ食べていいですかー？」

「おれもおれも！」

「たくさんあるから、皆も召し上がれ。マヤちゃんが材料をいっぱい持ってきてくれたおかげでいっぱい作れたからね」

　蘭子に言われ、子どもたちも『タコヤキパン』を食べ始める。

「本当だ、うめえ！」

「すっごくおいしい！」

　子どもたちのリアクションを見ながら、蘭子はマヤの肩にぽんと手を置いた。

「マヤちゃんがタコヤキの材料を持ってきてくれたおかげだよ。ありがとうね」

「お姉ちゃん……」

　蘭子の言葉に涙ぐむマヤに、お調子者の少年が手についたソースを舐《な》めながら、寄ってきた。

「あー。なんだ、元気だせよな！　お母さんだってそのうち戻ってくるって！」

「え？　母ちゃん？　母ちゃんなら、月末には戻ってくるけど？」

「……へ？」

　マヤの言葉に、一同の目が点になった。

「母ちゃんな、高校野球の大ファンやねん。んで毎年この時期は、実家のほうに帰って、ずーっと野球観戦しとんねん。うちとお店を、お父ちゃんに任せっきりでな」

「……お母さん、出ていっちゃったわけじゃあなかったのね」

「ま、紛らわしい……」

　蘭子や子どもたちが脱力する中、マヤは言葉を続ける。

「ただ今日だけは、お父ちゃんどうしても隣町に行く言うてな、そんでパン屋さんに頼んで、このパン作り教室を企画してくれたんやて。うちがこれに参加したら、父ちゃんも安心して隣町に行けるやろ？」

「！　そんな理由で！」

「もう三年生やし、一人で留守番しとってても平気や言うたんやけどなー」

「あ、あはは……」

『夏休みパン作り教室』開催の真実を知り、力なく笑う蘭子。

　しかし彼女のエプロンの裾を引っ張って、マヤは蘭子に笑顔を向けた。

「でもな、うち今日ここに来て、めっちゃ楽しかったわ！　ありがとうな、お姉ちゃん！」

　言われた蘭子は顔を上げ、子どもたちの様子を見渡した。

　どの子も皆、美味しそうに、満足そうに、自分たちで作ったパンを食べている。

「良かったですね、蘭子さん」

　マスミもパンを食べながら、蘭子に向かって微笑んだ。

「マスミちゃん……」

「ベストなタイミングでパンを焼いたおかげですね」

「う、うん……」

改めてマスミからそう言われると、さすがの蘭子も恥ずかしかった。

「あれ？　お姉ちゃん、どうして顔が赤くなってるん？」

「な、なんでもないのよ！」

マヤに問われ、蘭子はごまかすように話題を変えた。

「ところでマヤちゃんは大きくなったらパン屋さんになりたいの？　それともタコヤキ屋さん？」

「んー？　うちはねぇ……」

訊かれたマヤはパンを最後まで食べ切ると、置いてあった自分のバッグのほうに駆け寄り、最初に読んでいた布カバー付きの本を持ってきた。

「うちな、お花屋さんになりたいねん」

そう言ってマヤはページを開くと、蘭子とマスミのほうに広げてみせた。

「これに描いてあるみたいな、綺麗なお花をいっぱい売るんや」

そこには、一面の菜の花畑の中、一軒のお店の前で、白い帽子を被りオレンジ色のエプロンを着けた女の子と、全裸に見えなくもない妖精が、一緒にパンを食べながら笑い合う見開きのシーンが描かれていた。

「この本……」

「このマンガって……」

「『それゆけナノハナベーカリー』って言うんよ。知っとる?」

マヤの言葉に、

「よく知ってる」

蘭子とマスミは綺麗に声を揃えて答え、笑い合った。

エピローグ

「い、いらっしゃいませー」

パン作り教室から数日後の海月《くらげ》ベーカリー。

子どもたちの相手をして多少自信がついたのか、その日もカウンターに立って店番していた蘭子は、お店のドアを開けた人物を見て目を丸くした。

「……あれ？　マスミちゃん？」

「どうも……」

驚く蘭子に、マスミは力なく笑うと、よろけるように店内へ入る。

パン作り教室の時は、割とだらしない格好《かっこう》をしてはいたものの、足取りだけはしっかりしていたのだが……今は何だかフラフラしている。

「どうしたのマスミちゃん？　大丈夫？」

「だ、大丈夫です……大丈夫ですけど……」

心配そうに声をかける蘭子に、マスミはしばらく言い淀んでいたのだが、やがて
……

「今回のマンガ、結局ダメでした ー！　すみませーん！」

とレジに額をこすりつける勢いで、頭を下げた。


ちょっと前のことである。マスミはパン屋を休んで描き上げたマンガを、連絡をくれた編集者に直接送った。

しかし返って来た返事は、「個人的には面白いと思うけれど、ちょっと商業的なレベルに達していないので、受賞は厳しいかもしれない」というものだった。

分かりやすく言うと、「今回はダメ」という意味だった。

ただダメだとだけ言われたわけではなく、「絵は可愛《かわい》らしかった」とか「ネーミングセンスはある」など褒《ほ》めてもらえた部分もあったのだが、このマンガにかなりの力を注いでいたマスミにとってショックは大きかったようだ。

「やっぱり私、才能ないんですかねぇ……はぁ……」

カウンターの前で肩を落とし、ため息をつくマスミに、蘭子は苦笑いを浮かべる。

「うーん……私にはマンガのことはよく分からないけど……でもマスミちゃん」

「はい？」

「マンガ家、諦《あきら》めちゃうの？」

「……」

蘭子の言葉に、マスミはしばらく沈黙して……

「いいえ。諦めません。だってマンガ家になるのは私の夢ですから」

きっぱりと言い切った。

その言葉に、蘭子は優しく微笑《ほほえ》んだ。

「うん。頑張ってね。私も応援してるから」

「ありがとうございます、蘭子さん。それで、あの、今日来たのはですね……」

マスミはもじもじと、言いづらそうに続ける。

「マンガ家を目指すと言っても、働きもせずにずっとマンガを描いているだけだと親に怒られますし、しばらく投稿する予定の新人賞もありませんから……できれば、また、海月ベーカリーで働かせていただきたいなぁ、なんて思ったりしてるのですが……どうでしょう？」

マスミに上目遣いで見つめられて、蘭子は考え込むような素振りで目を閉じて、腕を組んだ。豊満な胸が腕に押さえられて、むぎゅっとなる。

「えー。どうしようっかなー。マスミちゃん抜きでも十分なんとかなってるしなー」

「そんなぁ、蘭子さぁん……そこをなんとか！　私、もう海月ベーカリー以外で働くなんて考えられないんですよぅ」

情けない顔で情けない声を出すマスミに、蘭子は片目を開き、ぺろりと舌を出す。

「……なんてね。冗談だよ、冗談。夏休みが終わって先生が山に帰ったら、私もなかなか店番に出られなくなるし、いつまでも愛や叶ちゃんに手伝ってもらうわけにもいかないしね。やっぱりマスミちゃんには戻ってきてもらわないと」

「ううう……あ、ありがとうございます。蘭子さん」

「大げさだなぁ。そもそもマスミちゃんは辞めたわけじゃなくって、単にお休みしてただけでしょう？　それなのに、あんな他人行儀な頼み方をしたりするんだもん。ちょっと意地悪してみちゃった。ゴメンね」

いたずらっぽく言う蘭子に、マスミは目をパチクリさせた。

「あの……蘭子さん、なんかイメージ変わりました？　そんな冗談とか意地悪とか言うタイプでしたっけ？」

ちゃんと服だって着ているのに、という台詞《せりふ》は付け加えずに呑《の》み込むマスミ。

レジに立っている今、蘭子は当然裸エプロンではない。お店のエプロンの下にはワンピースを……それも明るい空色のワンピースを着ていた。

「変わったっていうか、こっちのほうが私の素に近いよ。知らない人と話すのが苦手ってだけで、お喋《しゃべ》りは嫌いじゃないし。マスミちゃんとはこれからも長い付き合いになりそうだし。それに……」

「それに？」

「……お尻をじっくり見られた相手に今更恥ずかしがったって、しょうがないじゃない」

言った後、自分で恥ずかしくなったのか、蘭子の顔が茹《ゆ》でたタコのように赤くなる。

「そ、そうですね……あはは」

マスミも焼いたシャケのように、耳までピンクになった。

「……」

「……」

二人は何となく沈黙し、ほんの少しの間、お互い見つめ合って……

「失礼します」

という言葉と共に、突然、海月ベーカリーのドアが開き、二人はびくりと体を震わせ、反射的に浮かべた笑顔を入口に向ける。

「いらっしゃい……」

「ませ……って、あ！」

「ど、どうも。お久しぶりです」

笑顔を強張らせて入ってきたのは、『どっこい夏祭り』でのマスミのカミングアウト以来、とんと姿を現さなかった元常連客の犬丸《いぬまる》巡査だった。

「お、おまわりさん！　あのときは、本当に……」

「いえ！　謝らなければいけないのは、本官のほうです！」

頭を下げようとするマスミを、犬丸巡査は焦ったように制した。

「勘違いしたまま、マスミさんに勝手なお願いで、色々とご迷惑をおかけして……誠に申しわけありませんでした！」

ぴしっと姿勢を正して謝罪する犬丸を、今度はマスミのほうが慌《あわ》てる。

「おまわりさんが謝るようなことじゃあないですって！」

「いいえ！　本官が……」

「いやいや。私が……」

「あ、あの……お、おまわりさん？」

押し問答を続けるマスミと犬丸巡査に、レジに立つ蘭子が口を挟んだ。

よく来ていた客といえど、蘭子と犬丸巡査の面識はほとんどない。さっきまでと違い、少しおどおどした様子だったが……

「……きょ、今日は、何か？　マスミちゃんに会いにきた、わけじゃあないですよね……マスミちゃんが最近お休みしていたことは、おまわりさんの先輩さんが知っているはずですし」

と精一杯、接客しようとする蘭子。

「あ、はい！　もちろんマスミさんとはいずれきちんと話をしたいと思っていたのですが……今日は本官、久しぶりにパンを買いにきました！」

ようやく顔を上げた犬丸巡査は、恥ずかしそうに頭をかいた。

「どうも、ここのパンを食べないと、今一つ調子が出ないもので……これまで先輩に頼んでいたのですが、とうとう自分の分は自分で買いにいけと怒られてしまいました」

そう言って、犬丸巡査は改めて店に並んでいるパンたちを見回した。

「随分とご無沙汰してしまいましたが……パンの種類、また少し変わりましたか？」

犬丸巡査の言葉に、マスミは透き通るような笑みを浮かべた。

「はい……夏もそろそろ終わりですし、色々、新しいパンを出させてもらってます」

マスミが休んでいる間も、蘭子は、銀次《ぎんじ》や愛《まな》、叶《かなえ》に協力してもらいながら、秋に向けての新商品をいろいろと開発していた。

「どうぞ。ごゆっくり、選んでいってください」

「はい！　……おや？　この『タコヤキ味のクラーリームパン』というのは……」

犬丸巡査の不思議そうな呟《つぶや》きに応じたのは、マスミのほうだった。

「それ、小学生向けのパン作り教室で、子どもたちが考えたパンなんですよ」

マスミはごく自然に……いつかと同じように新商品の説明を始める。

「へえ！　小学生が考えたんですか！」

「美味《おい》しいですよ。食べ応えもありますし、おまわりさんも気に入っていただけると思います」

「では一つ、いただきます！」

犬丸巡査がマスミと会話しながら、パンを一つ一つ選んでいる様子を、蘭子は嬉《うれ》しそうな微笑みと共に見つめ……また、海月ベーカリーの入口が開いた。

「はぁ、あぢー。鰹を届けにきてあげたわよー。感謝してよね……って、うぇええぇ！」

「あ、魚屋の」

「その、こ、こ、こんにちは……お疲れ様です！　おまわりさん！」

思わぬタイミングで犬丸巡査に素《す》を見られた叶は、猫を被《かぶ》る暇もなく赤くなり……

「おっすー。サンドイッチ用の食パン、取りにきたぜー」

「愛！　大人しくしてなくって、大丈夫なの？」

「だからオレはまだ大丈夫なんだってばよ。どっちかっつーと、知則さんのほうが絶対安静だぜ」

心配そうな蘭子の言葉に、愛は苦笑しつつ軽口を叩《たた》き……

「おう。何だか賑《にぎ》やかになってきやがったな」

「あ、銀次さん！　その節はどうも……」

「おう坊主。迷いのない、いい筋肉になったじゃねえか」

厨房《ちゅうぼう》のほうから顔を出した銀次は、愉快そうに胸筋を震わせて……

「お姉ちゃーん。パンくださーい」

「マヤちゃん！　いらっしゃい！」

「あ、おまわりさん、そのパン買うん？　それな、うちが作ったんやで」

誇らしげに胸を張るマヤに、店内の皆が温かい視線を向け……

いつしかパン屋の狭い店内に、入りきれないほどの人が集まっていた。

そしてその誰もが、微笑んだり、苦笑したり、さまざまな笑顔を浮かべている。

蘭子の夢は、この海月ベーカリーで、形になりつつある。

そして、それはきっと……

「わっぷ！　もうっ！　二人とも、ふざけないでくださいよー」

煮詰めた蜂蜜《はちみつ》のような色の髪を、銀次と愛にわしゃわしゃされつつ、オレンジ色のエプロンを着けようとするマスミを見つめ……

「……ありがとう、マスミちゃん」

蘭子は、誰にも聞こえないような、小さな小さな声で呟いた。

マップイラスト　綾瀬てる

編集協力　アミューズメントメディア総合学院　AMG出版
永森裕二
冨澤　勝
名原小織
鈴木和夫
上野泰永

青木真理子
山本克信

本書は書き下ろしです。

実業之日本社文庫 み81

はだかのパン屋《や》さん

2016年8月15日　初版第1刷発行

著　者　三角《みすみ》ともえ

発行所　アミューズメントメディア総合学院　AMG 出版
〒150-0011　東京都渋谷区東 3-22-13-6F
http://www.amgakuin.co.jp/
発売所　株式会社実業之日本社
〒153-0044　東京都目黒区大橋 1-5-1
クロスエアタワー 8 階
電話［編集］03(6809)0473［販売］03(6809)0495
ホームページ　http://www.j-n.co.jp/
DTP　株式会社ラッシュ
印刷所　大日本印刷株式会社
製本所　株式会社ブックアート
フォーマットデザイン　鈴木正道（Suzuki Design）

ISBN978-4-408-55311-5（第二文芸）